edition atelier

Philipp Hager

Im Bauch des stählernen Wals

Roman

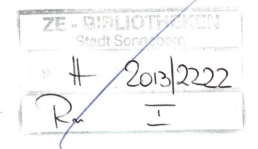

edition atelier

Kapitel I

Ein paar Bäume rasten am Fenster vorbei; dann war der Blick auf die Landschaft wieder frei. Endloses Ackerland. Bis zum Horizont erstreckte sich ein ockerfarbenes Nichts. Es machte den Eindruck, als hätte auf diesem Landstrich im Mittelalter eine unsägliche Metzelei getobt und als hätte die Erde die Kadaver niemals richtig verdaut. Wie ein grenzenloser, mit Weizen bewachsener Friedhof. Irgendwie war es schön anzusehen.

Ich versuchte, ein paar Eindrücke in meinem Notizbuch festzuhalten, aber der Zug rumpelte stark, und es kamen nicht mehr als schwarze Spinnennetze dabei heraus. In zwei Stunden würde ich nichts mehr davon entziffern können. Ich murmelte die Wörter vor mich hin, ließ sie wie Streichhölzer aufflammen, in der Hoffnung, sie mögen sich in meine Hirnrinde einbrennen. Aber kaum eine Minute später konnte ich mich an keine Silbe mehr erinnern; ich schnaubte, packte das Notizbuch in den Rucksack und lehnte mich zurück in den Polstersitz.

Es war Nachmittag, ein schöner Julinachmittag, und ich saß allein auf einem Viererplatz. Die Sonne brannte herein; Staubkörner schwebten im Licht. Weiter vorne im Waggon saßen ein paar Menschen. Sie schwatzten, und ihre Sätze zerbröckelten im Stampfen des Zuges, kleine Bruchstücke staubten über meine Ohren ... *Personalmangel* ... *Akten* ... Ich achtete nicht darauf. Mir war fröhlich und heiter zumute. Ich fühlte mich meistens wohl. Zumindest, wenn ich alleine war.

Ich schaute eine Weile aus dem Fenster. Bis irgendwann die Abteiltür sich aufschob und ein glänzender Servicewagen hereinrollte. Der Mann dahinter war kaum älter als ich. Er hielt vorn, bei den Schwätzern. Dann kam er zu mir.

»Kann ich Ihnen etwas anbieten? Eine Erfrischung vielleicht?«
»Gibt's auch was zu essen?«, fragte ich.
»Wir haben Sandwiches ... mit Thunfisch, Schinken und Ei, Käse ...«
»Drei Thunfischsandwiches bitte«, und während er eine Lade aufzog und darin kramte, »Obst gibt es wohl nicht? Nein ... dann noch einen schwarzen Tee.«

Er gab mir die Sandwiches. Dann ließ er den Tee herabsprudeln und reichte mir den dampfenden Becher. Er blickte kurz an die Decke; zwischen seinen Schläfen floss der Strom.

»Das wären dann ... neun Euro zwanzig.«
»Hier sind zehn. Stimmt schon«, sagte ich.

Das war meine letzte Kohle, nun war ich blank. Aber darüber machte ich mir keine Sorgen. Wenn alles glatt lief, würde ich noch heute Abend ein paar Hunderter in der Tasche haben.

Der Mann lächelte und nickte. Dann rollte er sein Wägelchen an mir vorbei. Unter dem hydraulischen Ächzen der Abteiltür verschwand er in den nächsten Wagen.

Ich sah wieder aus dem Fenster. Die Landschaft blühte nun zusehends auf. Ein bewaldeter Hang zog vorbei. Unzählige Rotbuchen streckten ihre Wipfel nach der Sonne, die am Himmel stand wie eine platzende Orange. Zwischen den Baumstämmen wand sich eine Straße hervor, darauf ein Lastwagen, der langsam hinter den Zug zurückfiel.

Ich packte ein Thunfischsandwich aus und versenkte meine Zähne. Während ich kaute und weiter aus dem Fenster sah, dachte ich über dieses und jenes nach, ließ meine Gedanken kullern wie ein Würfelspiel. Ich dachte an Camus' *Pest*, das ich unlängst gelesen hatte, und wie wirklichkeitsfremd seine Figuren waren, aber den Schwarzen Tod hatte er gut hinbekommen. Ich verweilte ein bisschen bei der Pest, bei Wachsmänteln und Leichengruben und Pesthaken, und mir kam ein Tartarenführer in den Sinn, der im vierzehnten Jahrhundert Pestleichen über die Mauern einer belagerten Stadt katapultiert hatte. Ich versuchte mich an seinen Namen zu erinnern, brachte ihn aber nicht zusammen.

Auch das zweite Thunfischsandwich, das ich aus dem Plastik gewickelt hatte, schmeckte köstlich, umso köstlicher, weil mein Körper nicht mit schwarzen Beulen übersät war, und als sich die Pest in meiner Vorstellung aufgezehrt hatte, ließ ich die Flügel ausgebreitet und glitt mühelos weiter zur Spanischen Grippe. Ich sah ein ausgestorbenes Madrid vor mir, verrammelte Fensterläden und leere Straßenbahnen, die auf Kreuzungen verrosteten – plötzlich blitzte der sterbende Schiele wie ein glühender Draht durch meinen Kopf, und mein Herz setzte aus, aber schon drängte die Apokalypse nach, und Schiele wurde überschwemmt von Millionen anderen Toten, von entvölkerten Landstrichen und verseuchten Schützengräben und Scheiterhaufen, die tagelang brannten.

Aber auch die Grippe ging vorbei, und ich blieb bei Spanien hängen. Ich stellte mir eine Landkarte vor, versuchte Barcelona und Katalonien einzuzeichnen, und während ich mich über das dritte Thunfischsandwich hermachte, fielen mir unversehens ein paar Zeilen von Gogol ein, die ich noch am Morgen gelesen hatte: *Ich entdeckte, dass China und Spanien völlig ein und dasselbe Land sind und dass man sie bisher nur aus Unbildung für zwei verschiedene Staaten gehalten hat. Ich rate jedem, einmal aufs Papier »Spanien« zu schreiben – Sie werden sehen, es kommt »China« dabei heraus.*

Mit vollen Backen kicherte ich vor mich hin.

Nach dem letzten Bissen leckte ich mir alle Finger und schnalzte genüsslich mit der Zunge. Ich trank einen Schluck Tee. Mit der Wärme breitete sich eine wohlige Zufriedenheit in mir aus. Ich sperrte den Mund auf und gähnte. Dann lehnte ich meinen Kopf gegen die zitternde Scheibe und schloss die Augen.

Als ich erwachte, stand der Zug still. Die Abteiltüren waren offen, unzählige Menschen strömten herein. Sie lärmten und hoben ihre Taschen auf die Gepäckablage und nahmen mit ihren Körpern und Stimmen alles in Besitz. Draußen, vor dem Fenster zu meiner Linken, hing ein leuchtendes Schild: *Würzburg*.

Ich kniff geblendet die Augen zusammen und richtete mich in meinem Sitz auf. Aber noch bevor ich richtig zu mir kam, ließen sich zwei Rekruten in Ausgehuniform schwungvoll neben mir nieder. Ihre grünen Taschen fielen zu Boden. Flaschen schepperten darin. Der eine war groß, mit breiten Schultern und kantigem Gesicht, wie einem Gemälde von Albin Egger-Lienz entstiegen. Der andere war kleiner und rothaarig. Ihre Hosenbeine waren akkurat aufgestrickt, die Stiefel glänzten, und sie hatten kühne, entschlossene Mienen.

»SALUTIEREN, SOLDAT!«, rief der Große plötzlich.

Der andere riss die Hand zur Schläfe. Dann lachten sie. Na toll! Ich war an zwei Wahnsinnige geraten. Der Große zog den Reißverschluss seiner Tasche auf und fischte zwei Flaschen Bier heraus.

»Da, Michael. Auf deine Beförderung.«

»Danke. Zum Stabsgefreiten fehlt zwar noch ein Stück, aber zum Anstoßen reicht es.«

»Genau. Heute machen wir einen drauf, was?«

»Aber logo. Heut lassen wir's krachen.«

»Die Weiber ... ich sag dir ... die Weiber stehen auf Uniformen.«

»Und soll ich dir was sagen? ICH AUCH!«

»HAHAHAHAHAHA!«, brüllte der Große aus vollem Hals.

»HAHAHAHAHA!«

»Prost, Michael.«

»Prost, René. Sollen wir?«

»Aber sicher!«

»KAMERAAADEN, LASST UNS SINGEN ...«, brüllten sie.

Die Takte dieses Soldatenlieds prallten mir gegen den Schädel wie Hammerschläge. Mich beschlich das unheimliche Gefühl, Gehirnzellen einzubüßen. Fast wünschte ich mir einen Krieg, allein, um ihnen diese Flausen auszutreiben; um ihren beknackten Soldatenstolz im Pfeifen der Kugeln zerbröseln zu sehen. Ich packte meinen Rucksack, drängte mich grob zwischen den Knien der beiden durch und verschwand in den nächsten Waggon.

Nach ein paar Schritten blieb ich stehen und atmete tief durch. Hier tönte nichts als sanftes Gemurmel und Gebrabbel, wie Meeresrauschen. Was für eine Wohltat! Ich sah mich nach einem Sitzplatz um, konnte aber keinen finden. Also ging ich weiter in den nächsten Waggon. Aber auch hier war alles voll.

Ich arbeitete mich zwischen den schwankenden Sitzreihen bis zur nächsten Abteiltür vor, zog sie auf und gelangte in das Zwischenstück, das die Waggons verband. Es war kaum zwei Meter lang und ein wenig so, als stünde man im Inneren eines Akkordeons. Der Boden bestand aus Stahlschuppen, die sich überlappten und in den Kurven ineinanderschoben. Durch die Ritzen sah man hinab auf die rasenden Schienen; ein ungeheures Brausen stieg auf.

Mittendrin saß ein Mädchen auf einer Reisetasche. Unsere Blicke streiften einander. Ich wollte weitergehen, aber durch das Fenster in der Abteiltür konnte ich sehen, dass sich auch im nächsten Waggon die Menschen stauten.

»Stört es dich, wenn ich mich zu dir setze?«, fragte ich laut gegen den Lärm der Schienen.

»Nein«, rief sie.

Ich legte meinen Rucksack ab und setzte mich ihr gegenüber. Sie war damit beschäftigt, in einem Seitenfach ihrer Reisetasche zu kramen, und ich nutzte die Gelegenheit, sie genauer zu betrachten. Ein blondes Durcheinander von Haaren umrahmte ein Gesicht, das mich aus irgendeinem Grund an eine

Gauklerin denken ließ. Sie strahlte etwas Verschmitztes aus, das mir gefiel. Schließlich fand sie, was sie suchte, nahm eine Bierdose heraus und kippte zischend den Verschluss. Sie trank einen Schluck und spähte über die Dose zu mir herüber. Ihre Augen waren grün wie ein Sumpf oder wie Aventurin.

»Alles voll, was?«, fragte sie.

Ich nickte.

»Wohin fährst du?«

»Frankfurt«, sagte ich.

»Dann hast du ja nicht mehr allzu lange.«

»Ungefähr eine halbe Stunde noch. Und du?«

»Ich fahre noch ewig. Ich bin nach Amsterdam unterwegs. Übers Wochenende.«

»Eine schöne Stadt«, sagte ich.

»Ich glaube nicht, dass ich von der Stadt allzu viel mitbekommen werde«, antwortete sie und schmunzelte.

Es fiel mir schwer, den Blick von ihren Brüsten abzuwenden. Immer, wenn sie von ihrem Bier trank oder in die Luft starrte, was oft vorkam, schwenkten meine Augen wie von selbst dorthin zurück. Das Beben des Zuges verlieh ihnen Leben, rüttelte sie sanft; sie waren rund und prächtig und ... Stopp! ... Meine Pupillen klebten schon wieder daran fest. Ich sah ihr in die Augen, aber sie tat, als hätte sie nichts bemerkt.

»Du kommst auch aus Wien, oder?«, fragte sie.

»Hört man das?«

»Nicht wirklich ... ist mehr eine Ahnung ... Was machst du denn in Frankfurt?«, fragte sie, dann runzelte sie die Stirn:

»Wenn ich dir irgendwie zu nahe trete, dann musst du es sagen.«

»Ist schon in Ordnung«, lachte ich, »Ich bin als Reporter unterwegs. Heute Abend ist in Frankfurt eine Kampfsportveranstaltung. Und ich bekomme Kohle dafür, dass ich darüber schreibe.«

»Echt?«, fragte sie und lehnte sich ein Stück vor, »Wie läuft das ab? Ich meine, für wen schreibst du? Für eine Zeitschrift?«

»Direkt für den Veranstalter. Ich schreibe ihm einen Artikel, und er bringt ihn dann in irgendwelchen Magazinen unter. Oder gibt ihn als Presseaussendung heraus.«

»Und damit verdienst du deinen Lebensunterhalt?«

»Nein. Ich mache das nicht allzu oft.«

»Was machst du sonst so? In Wien, wenn du nicht gerade als Reporter herumfährst?«

»Nichts.«

»Was meinst du mit: nichts?«

»Na ja ... leben«, sagte ich und lachte.

Sie warf mir einen verwirrten Blick zu. Eine Minute lang saßen wir uns schweigend gegenüber. Zwischen uns tanzten die Stahlschuppen zum Lärm der Schienen. Dann kramte sie in ihrer Reisetasche, brachte ein Magazin zum Vorschein und begann, darin zu lesen. Ich tat es ihr nach, nahm ein Buch aus meinem Rucksack und hielt es mir vor die Nase. Aber ich betrachtete sie noch eine Weile unauffällig über die Seiten hinweg. Irgendwas an ihrem Mund war sonderbar. Vielleicht hatte sie als Kind eine Hasenscharte gehabt, die operiert worden war. Jedenfalls war der linke Mundwinkel stets ein Stück nach oben gezogen. Es sah eigenartig aus.

Nach einiger Zeit begann der Zug zu bremsen. Das Gekreische war hier, in unserem Zwischenstück, beinahe unerträglich. Ich stand auf und schwang mir den Rucksack um die Schulter. Gerade wollte ich mich von dem Mädchen verabschieden, da reichte sie mir einen Zettel. Sie sagte irgendwelche Worte dazu, aber der Lärm war so ohrenbetäubend, dass ich nichts verstand. Ich nickte nur und lächelte sie blöd an. Auf dem Zettel standen ein Name und eine Telefonnummer.

»Danke Iris. Eine gute Fahrt noch«, brüllte ich in das Getöse.

Sie schrie irgendwas zurück.

Kapitel II

Frankfurt empfing mich wie eine bezahlte Hure. Kaum setzte ich einen Fuß auf den Bahnsteig, umtosten mich schnaufende Gestalten, stöhnten Lautsprecherdurchsagen gegen die wartenden Züge, steckten mir die Neonröhren und Anzeigetafeln eine Zunge aus Licht in den Rachen. Für einen Moment war ich so verwirrt, dass ich vergaß, wozu ich eigentlich hier war.

In der Bahnhofshalle fiel es mir wieder ein. Unter einer elektronischen Anzeigetafel stand ein Mann, der ein Kartonschild mit meinem Namen vor seine Brust hielt. Ein Zuchtbulle. Zwischen seinen wulstigen Lippen qualmte eine Zigarette. Misstrauisch beäugte er jedes vorbeikommende Gesicht.

Ich stellte mich vor ihn hin und grinste.

»Kann ich dir helfen?«, fragte er unfreundlich.

»Ich bin der auf dem Schild«, sagte ich.

»Sie sind das?«

»Jepp.«

»Oh, Entschuldigung. Kommen Sie bitte.«

Ich folgte ihm hinaus zu seinem Wagen, einem grünen Kleinbus. Er hatte die Warnblinkanlage an und stand im Parkverbot. Nach einem letzten Zug trat er seine Zigarette aus. Dann stiegen wir ein und fuhren los. Durch das dämmernde Frankfurt.

»Bitte entschuldigen Sie, weil ich Sie nicht gleich erkannt habe. Ich habe Sie mir viel älter vorgestellt«, sagte er, während er den Blinker setzte und am Lenkrad kurbelte, »Sie sehen ziemlich jung aus. Ich hoffe, Sie nehmen es mir nicht übel.«

»Ach was. Und sag ruhig Du zu mir.«

Am Rückspiegel baumelte ein Duftbaum. *Entspannung* stand darauf, aber es roch wie eine Mischung aus Lavendel und Benzin. Ich schraubte das Fenster runter und hängte den Ellbogen raus.

»Ich mag deine Artikel. Die sind ziemlich gut«, sagte er.

»Danke.«

»Steckt wohl viel Arbeit drin, was?«

»Geht so.«

»Es gibt nicht viele Leute, die gut über Kämpfe schreiben können. Aber du schaffst es wirklich, einen dabei sein zu lassen ...«

Er ließ sich weiter über meine angeblichen Vorzüge aus. Ich blickte auf zum Himmel; die Wolkenkratzer steckten in einer Decke aus Smog. Um ganz ehrlich zu sein, ich gab keinen müden Furz auf meine Artikel. Ebenso wenig auf die Veranstaltungen, über die ich schrieb. Warum ich es dann machte? Zum Einen, weil ich etwas für das Kämpfen übrighatte. Darin ballte sich eine unglaubliche Menge Leben. Da waren Menschen, die alles aufs Spiel setzten, und wenn sie gegeneinander prallten, wurde eine Energie frei, als schösse man Elementarteilchen aufeinander ab.

Vor allem aber war ich als Reporter unterwegs, weil dies die einfachste Möglichkeit war, schnell an viel Geld zu kommen, die ich kannte.

Das konnte ich meinem Fahrer natürlich nicht sagen. Deshalb lächelte und nickte ich zu seiner Schwärmerei, und zwischen seinen Sätzen ließ ich kleine, schillernde Seifenblasen aus meinem Mund steigen. – Ja, ja, es ist schon toll, überall kostenlos reinzukommen, mhm, und immer einen Platz am Ring, ja, und weißt du was, manchmal schleppt man sogar ein Ringmädchen ab, pfff ...

Unter einem schwarzen Himmel bogen wir auf den Parkplatz einer großen Halle ab. Unsere Scheinwerfer gruben sich durch einen Wald aus Menschen. Hunderte hatten sich bereits vor den Toren versammelt, standen da mit Pappbechern und Zigaretten und warteten auf Einlass. Wir fuhren an ihnen vorbei, zur Rückseite des Gebäudes. Dort drückte er mir einen Presseausweis in die Hand.

»Hör zu, ich muss noch ein paar Leute abholen. VIPs. Aber du kommst schon zurecht, oder? Mit dem Presseausweis kannst du nach Belieben rein und raus. Und auch backstage. Der Chef hier heißt Knopp. Den erkennst du gleich. Ist der einzige, der im Anzug rumläuft. Rede mit ihm, wenn du irgendwas brauchst. Wir sehen uns später.«

Dann ließ er die Reifen quietschen.

Ich fand mich in einem dunklen Hinterhof wieder. Ringsum linsten Mercedessterne aus dem Schatten. Über einer Stahltür hing eine vergitterte Lampe. Ihr roter Schein glühte auf einem Blechschild: *Zugang nur für Mitarbeiter* und strahlte schwach auf die umstehenden Mülltonnen. Eine graue Katze streifte zwischen den Tonnen umher. Ich ging in die Knie und lockte sie mit den Fingern. Sie sah mich nur verdutzt an, mit dem roten Glanz in ihren Augen, und lief weg.

Ich machte *Ksch, Ksch*, als hätte ich sie ohnehin fortjagen wollen, und schmunzelte über die Flausen in meinem Kopf. Dann ging ich auf die Hintertür zu. Ich drückte die Klinke runter, weißes Licht sickerte heraus, und es war, als träte ich durch eine hauchdünne Membran in eine andere Welt über. Plötzlich dröhnte alles vor Getrampel und Hammerschlägen. Ein Mann in Latzhose lief an mir vorbei:

»Wo ist er denn schon wieder? Scheiße, wo ist der Kerl?«

Im Mittelpunkt der Halle stand ein Ring in hellem Licht. Menschen umschwärmten ihn wie Mücken ein Glühbirne, hoben und schraubten und fluchten und kommandierten. Nach allen vier Seiten hin erhoben sich stufenweise Tribünen; die letzten Reihen waren weit oben und verschwammen in der Dunkelheit. Niemand kontrollierte meinen Ausweis; ich nahm den erstbesten Aufgang, stieg die Treppe hinauf und setzte mich in den Schatten der zehnten Reihe. Ich hatte gelernt, dass es besser war, bei den Vorbereitungen nicht im Weg zu sein.

Eine Weile saß ich herum und drehte Däumchen. Bis es irgendwann in meinem Unterleib rumorte. Ich stand auf und spähte nach einer Toilette. Plötzlich waren alle Stimmen verstummt. Die Handwerker rafften ihr Werkzeug und stoben in alle Richtungen davon. Bunte Lichtsäulen flammten auf und kreiselten über Ring und Tribünen. Die Lautsprecher dröhnten. Ich wusste, was das bedeutete und nahm drei Stufen auf einmal, aber ich hatte noch nicht einmal die Hälfte der Treppe geschafft, als die Tore aufschwangen. Eine Menschenwelle brach herein, brandete gegen die Absperrungen, strömte die Tribünen hoch. Ganze Kohorten mit verkniffenen Mienen stürmten die Toiletten.

Ich grub mich durch die Flut aus Körpern, zückte meinen Ausweis und stolperte durch die Absperrung in den Backstagebereich. Sofort war es ruhiger. Ich sah mich nach einer Toilette um. Nirgendwo ein Hinweis. Also tauchte ich auf gut Glück in die Gänge. Als ich an einer offenen Umkleide vorbeikam, sah ich ein Schwergewicht, das sich aufwärmte. Er trug einen Kapuzenpulli, tänzelte und ließ lockere Schläge durch die Luft sausen ... *Ssst ... ssst ... ssst ...* Obwohl er sich nach Kräften mühte, sie zu verbergen, konnte ich die Furcht in seinen Augen erkennen – wie ein dunkles Insekt, das hinter den Pupillen saß. Kurz darauf: eine weitere offene Umkleide und ein dunkelhäutiges Mittelgewicht, dem die Fäuste bandagiert wurden. Ihm dampfte die Angst aus allen Poren. Und doch würde er einem eher die Zähne in den Kehlkopf dreschen, bevor er sie eingestanden hätte. Dabei war die Furcht kein Zeichen von Schwäche. Sie allein verlieh der Sache erst ihre Größe, ihre Menschlichkeit. Ohne diesen Abgrund der Angst und ohne den ungeheuren Willen, den jeder Kämpfer braucht, um ihn zu überwinden, hätte das

Kämpfen keinen Wert und keinen Sinn. Es wäre blass und tot und langweilig wie eine beliebige Heldengeschichte.

Schließlich fand ich eine leere Kabine. Dann, beim Hinausgehen, wandte ich mich nach links und stieg ziellos eine Treppe hinauf. Ich suchte nach einem ruhigen Plätzchen, wo ich auf den Beginn der Kämpfe warten konnte. Auf der obersten Stufe stand ein Riese in einem schwarzen T-Shirt. Weiße Buchstaben auf seiner Brust verkündeten: *Sicherheit*. Als ich vorbei wollte, fiel seine Hand wie eine Schranke vor mir runter.

»Dürfte ich bitte Ihren Ausweis sehen?«

Ich zeigte ihn vor.

»Danke. Viel Spaß. Und guten Appetit!«

Ich dachte mir nicht viel dabei. Erst ein paar Schritt weiter, als ich im schummrigen Licht weiße Lederbänke ausmachte und ein Kellner *Verzeihen Sie* sagte und ich beim Ausweichen mit dem Ellbogen gegen eine Champagnerflasche stieß, die aus einem Eiskübel ragte, wurde mir klar, wo ich gelandet war: Ich war in der VIP-Loge. Ich blieb verwirrt stehen. Es irritierte mich, dass ich mit meinem Ausweis Zutritt erhalten hatte. Ich sah zurück zum Riesen, aber der starrte bereits wieder die Treppe hinab und schenkte mir keine Beachtung. Für einen Moment war ich drauf und dran, umzukehren ... aber dann erspähte ich das kalte Buffet, und der Sturzbach unter meiner Zunge ertränkte alle Bedenken. Ich straffte meine Haltung und hielt mit der größten Selbstverständlichkeit darauf zu.

Ich nahm mir einen Teller und griff mit leuchtenden Augen zu: geräucherte Forellen, gebeizter Lachs in Senfsauce, Garnelen, frisches Brot, Mangostücke, Erdbeeren. Dieser dämmrige Raum war bei anderen Anlässen wohl die Presseloge, denn es gab eine Glasfront, durch die man eine unschlagbare Sicht auf den Ring hatte. Einige Tische waren an der Scheibe aufgereiht. Herausgeputzte Arschlöcher saßen daran und schenkten ihren Weibern Champagner ein; und die Weiber grinsten mit weißen

Zähnen, streckten ihr Dekolleté dem Kerzenschein entgegen, staubten mit ihren dünnen Zigaretten in Kristallaschenbecher und neigten lange Gläser an rote Lippen, deren Kosmetika mehr wert waren als alles, was ich am Leibe trug. Sie lachten wie Aufziehpuppen, mit einer erhabenen Gleichgültigkeit; hoheitsvolle Geschöpfe, die aus ihren Türmen herabgestiegen waren, um den wilden Tieren zuzusehen, wie sie sich gegenseitig zerfleischten. Ganz am Rand war noch ein Tisch frei. Ich hörte Gemurmel und spürte entrüstete Blicke, als ich mit meinem Teller darauf zuging.

Ich fühlte mich unwohl. Aber stärker noch als dieses Unwohlsein empfand ich Trotz sowie eine grimmige Entschlossenheit, mir dieses unverhoffte Festmahl schmecken zu lassen. Ich rutschte mit den Knien unter das Tischtuch. Von hier aus konnte ich die gesamte Halle überblicken. In den Rängen wimmelte und brodelte es. In einer halben Stunde würde es losgehen, nicht später.

Ich brach gerade eine Garnele aus der Schale und widerstand der Versuchung, sie über der Kerzenflamme zu rösten; da erklang hinten im Raum eine hektische Stimme.

»Du! Ach, Scheiße, du musst hier stehen, oder?«

»Ähm ... pfff ... ja?«, stammelte der Riese.

»Ich seh schon. Ich seh schon.«

Schwere Schritte trampelten heran. Plötzlich stand ein dicker Mann in einem schwarzen Anzug neben mir. Alle sichtbaren Körperteile, von der Glatze bis zu den Fingerspitzen, waren mit Schweiß glasiert. Eine feuchtwarme Wolke aus Gestank waberte um ihn herum; Dünste nach feuchten Socken und Zigarrenqualm krochen mir die Kehle hinab.

»Du! Was machst du hier?«, fragte er, völlig außer Atem.

»Was?«

»Was du hier machst?«

»Essen«, gab ich verdutzt zurück.

»Nein, ich meine, wozu bist du hier?«

»Auf dieser Welt?«

»In dieser Halle!«
»Ach so ... ich soll hierüber berichten.«
»Ah ... du bist der aus Wien, oder? Wie war die Fahrt?«
»Lang. Aber ...«
»Sehr schön. Hör zu, hast du noch etwas anderes anzuziehen?«
»Nein. Warum?«
»Der Nebenkampfrichter ist in letzter Minute ausgefallen. Wir brauchen wen, der einspringt. Aber du siehst ziemlich heruntergekommen aus. Dieses abgewetzte Hawaiihemd ... und die Hose ... hat die da Löcher? Scheiße, nein, das geht nicht.«

»Ich reiße mich auch nicht darum«, sagte ich.

»Scheiße, verfluchte. Was mach ich nur?«, knirschte er, und ohne ein weiteres Wort schnellte er herum und trampelte davon.

Ich steckte mir die Garnele in den Mund. Ein Kellner kam angebuckelt. Er machte den Eindruck, als hätte er bereits ungeduldig im Rücken des Veranstalters gewartet. Nach raschen Einleitungsfloskeln und mehreren Entschuldigungen gab er mir zu verstehen, dass der Tisch, an dem ich saß, reserviert sei. Die Herrschaften müssten jeden Moment eintreffen. Ob ich vielleicht so freundlich wäre ...

Ich stand mit dem Teller in der Hand auf. Ob ich mich vielleicht am Tisch geirrt hätte? Wenn ich ihm meine Reservierung zeigte, führte er mich gerne an meinen Tisch! Ach ... ich hätte keine Reservierung? Nun, es täte ihm leid, aber es wäre so, dass ein Aufenthalt in der VIP-Zone nur mit gültiger Reservierung möglich sei ... also ... er griff nach dem Teller, höflich lächelnd. Ich zerrte daran, versuchte, ihn an mich zu nehmen. Er ließ nicht los, lächelte nur verbissen, knurrte:

»Entschuldigen Sie ... den Teller müssen Sie hier lassen ... jetzt ... würden Sie bitte loslassen ... was machen Sie denn?«

Ich merkte, wie immer mehr Augen zu uns rübersahen. Aber ich hatte erst eine verfluchte Garnele gegessen, und der Teufel sollte mich holen, ehe ich diese Leckereien einfach so aufgab.

In diesem Moment, als ich mit dem Kellner rang, fiel mir ein Trick ein, um auch den eisernsten Griff zu sprengen. – Man gibt kurz und überraschend nach und zieht dann mit einem festen Ruck wieder an. Aber ich ging zu energisch vor; anstatt nur nachzugeben, stieß ich ihm den Teller gegen die Brust. Die Forelle patschte gegen seine weiße Seidenkrawatte. Er breitete die Hände aus und sah fassungslos an sich runter. Ich wusste sofort, dass ich zu weit gegangen war ... aber andererseits hatte er losgelassen; ich wandte mich um und eilte der Treppe zu.

Den Wellenschlag der Empörung ließ ich hinter mir, aber ein scharfer Pfiff holte mich ein, und der Riese vorn an der Treppe drehte den Kopf, sah mich kommen und nahm die Hände aus den Hosentaschen. Das ist Irrsinn, ging es mir durch den Kopf, es geht doch bloß um ein paar Bissen; aber irgendwie war die Sache außer Kontrolle geraten, und nun konnte ich nicht mehr zurück ... oder doch? Ich verlangsamte meinen Schritt. Die Gedanken sprühten wie Funken durch mein Hirn. War es wirklich zu spät? Was war denn schon passiert? Die Krawatte, ja, aber sonst? Angenommen, ich ...

Ich nahm ein gewöhnliches Schritttempo an und zwang mich zu einem Lachen. Es klang nervös, wie das Bellen einer Hyäne. Ich blickte über die Schulter zurück; der Kellner stand da mit hochrotem Gesicht und rubbelte mit einer Serviette den braunen Saft von seiner Krawatte. Ich rief nach hinten: »Tut mir leid wegen der Krawatte. War keine Absicht.« Dann stellte ich mit einer deutlichen Geste den Teller auf einen Tisch, grinste dem Riesen zu, als ich näher kam, kehrte meine Handflächen nach oben und sagte:

»Alles in Ordnung. Nichts für ungut, Kumpel.«

Unbehelligt huschte ich die Stiegen hinab.

Aber die Erleichterung verging schnell, und schon drei Gänge weiter biss ich mir in den Hintern, weil ich die Leckerbissen zurückgelassen hatte. Essen hatte eine ungeheure Bedeutung für mich. In den Wochen und Monaten davor war ich allzu oft mit leeren Händen dagestanden.

Versunken in diese trüben Erinnerungen bog ich um eine Ecke; da prallte ich plötzlich gegen etwas Weiches. Ich taumelte zurück. Und hatte diesen Gestank in der Nase.

»Du!«, keuchte Knopp, wobei er sich erschöpft gegen die Wand lehnte, »Wozu bist du hier?«

»Auf dieser Welt?«

»Scheiße, dich hab ich schon gefragt, oder?«

»Ja.«

»Und?«

»Was und?«

»Was hast du hier zu tun?«

»Ich bin der Reporter aus Wien.«

»Ah ... genau! Und warum kannst du den Kampfrichter nicht machen?«

»Weil ich zu abgefuckt aussehe«, sagte ich.

Ächzend stemmte er sich von der Wand ab. Er schnaufte laut; seine Nasenlöcher blähten sich wie Nüstern. Er musterte mich von oben bis unten.

»Hmm, ja, stimmt. Aber scheiß drauf. Die Leute werden langsam ungeduldig. Was sagst du? Machst du es?«

»Eigentlich habe ich mit der Reportage schon genug um die Ohren.«

»Wie heißt du?«

»Philipp«, seufzte ich.

»Philipp, ich bin Friedrich«, sagte er und streckte mir seine feuchte Hand entgegen. Das machte ihn mir unsympathisch. Ich hasste diese billigen Vertretertricks, die einem Vertrautheit vortäuschen sollen. Ich runzelte die Stirn und ließ seine Hand zwischen uns sterben.

»Hör zu, Philipp, du würdest mir einen riesigen Gefallen tun. Diese beschissenen Handwerker kann man vergessen. Die kennen nicht mal den Unterschied zwischen K.O. und T.K.O. Geschweige denn irgendwas von Submissions. Und meine Leute sind alle verplant. Die kann ich nicht abziehen. Ich weiß nicht, wen ich noch fragen soll. Und ohne Nebenkampfrichter kann die Show nicht losgehen.«

»Zweihundert extra.«

»Was?«

»Zweihundert für den Kampfrichter, dreihundert für den Reporter. Also fünfhundert insgesamt. Dann mach ich's.«

»Scheiße ... fünfhundert? Sagen wir vierhun...«

»Dann vergiss es.«

»Scheiße, o.k.! Fünfhundert!«, röchelte er, holte ein Taschentuch heraus und wischte sich den Schweiß von der Stirn.

Kapitel III

Zwei Kämpfer marschierten durch ein dröhnendes Lichtgewitter, marschierten über einen Steg zum Ring und stiegen durch die Seile, und jetzt verstummten die Lautsprecher, Gebrüll und Getrommel füllten die Luft, die Kämpfer stellten sich auf im weißen Licht. Der Kampfrichter: *Are you ready?* Nicken. Nicken. *Fight!*

Auch ein Blinder hätte dem Kampf folgen können, so unüberhörbar klatschten die Einschläge durch die Reihen. Keine zwei Minuten und die Zuschauer schnappten über ... *Zieht die Handschuhe aus!* ... *Tritt ihm in die Eier!* ... *Mach ihn kalt!* ... Einzelne Pappbecher flogen gegen den Ring, Bierspritzer regneten auf meinen Kopf. Die Halle zitterte wie unter Strom. Jetzt stand einer im Ring, der Aurel hieß, und, Mann, hatte der Herz; er fraß einen linken Haken, seine Knie sackten durch und seine Augen verloren sich, aber er kam zurück und schickte seinen Gegner mit einer Rechten auf die Bretter. Immer wieder entfaltete sich das Leben zu atemberaubender Blüte; aber die Augen der Zuschauer waren glasig und voll Blutgier, und sie beschmutzten es, sobald sie ihre Lippen öffneten.

Ich hatte alle Hände voll zu tun. Ich schlug den Rundengong, nahm die Zeit und achtete auf Regelverstöße. Gleichzeitig kritzelte ich Stichworte für meinen Artikel in das Notizbuch. Rechts von mir bohrte der Ringarzt in der Nase. Links von mir saß der Ringsprecher. Er war ein schlaksiger Kerl, hatte einen Pferdeschwanz im Nacken und trug sein Kinn hoch. Wenn er nichts anzusagen hatte, redete er unentwegt auf mich ein, besprühte meine Wange mit Speichel und Worten: wie anspruchsvoll seine Tätigkeit war, das Modulieren der Stimme und die klare Ar-ti-ku-la-tion, welch weitläufige Ausbildung er hatte durchlaufen müssen, und die berühmten Shows, die er schon mit seinem Talent veredelt hatte. Was? Ich hätte noch nie vom Bayrischen Eisstock Grand Prix gehört? Bestimmt, weil ich ein Ösi war.

Aber all dies änderte nichts daran, dass ich nach jedem Kampf den Sieger auf einen Zettel schreiben musste, damit er ihn ablesen konnte und nichts durcheinanderbrachte.

Mit zitternden Fingern reichte ich ihm den letzten Zettel. Dann ließ ich mich erschöpft gegen die Stuhllehne sinken. In meinem Schädel summte ein Bienenstock. Das Hemd klebte mir am Rücken. Drei Stunden Hochspannung hatten alles aus mir herausgeholt.

Der Ringsprecher nahm einen Schluck aus seiner Coladose, gurgelte und legte das Mikrofon an die Lippen. Dann zögerte er. Er knipste das Mikro aus und fauchte mich an:

»Was soll das heißen? Schneider? Oder Schreiber? Das kann ja kein Schwein lesen.«

Ich antwortete ihm nicht. Ich hatte genug; genug von seiner Arroganz, genug vom Gegröle und Gejohle, genug davon, ein Zahnrad zu sein in dieser mit Blut geölten Maschinerie. Ich beugte mich vor und verstaute das Notizbuch im Rucksack. Dabei murmelte ich ein unhörbares *Leck mich am Arsch*. Oberhalb der Tischplatte Jubel, das Klicken des Mikrofons, dann seine Stimme, die sich wie Donner über die Halle senkte:

»MEINE DAMEN UND HERREN! WAS FÜR EIN KAMPF!«

Als ich wieder hochkam, kletterte er gerade in den Ring. Dort reckte ein Kämpfer seine Fäuste in die Höhe und suhlte sich im Applaus. Dem anderen wurde auf die wackeligen Beine geholfen. Der Sprecher baute sich im Auge der Scheinwerfer auf.

»SIEGER ... DURCH K.O. NACH DREI MINUTEN FÜNFZEHN IN DER ZWEITEN RUNDE ... WOLF SCHNEIDER.«

Der Sieger fasste ihn scharf ins Auge. Er hieß Schrauber.

»MEINE DAMEN UND HERREN! EINE GROSSARTIGE KAMPFNACHT GEHT ZU ENDE. ICH DARF SIE AN DIE AFTER-SHOW-PARTY IM DIAMONDS ERINNERN. DORT HABEN SIE GELEGENHEIT, DIE KÄMPFER ZU TREFFEN. ALLES GUTE UND ... SPORT FREI!«

Der Ringsprecher stieg aus dem Ring.

»*Du* kannst *mich* am Arsch lecken!«, spuckte er mir hin. Dann stapfte er davon. Ich sah ihm gleichgültig hinterher. Ein Zeit lang blieb ich noch sitzen, sah zu, wie die Ränge sich leerten, wie die Handwerker kamen und begannen, den Ring abzubauen, wie Kämpfer mit verschwollenen Augen und Sporttaschen umhergingen.

Dann rappelte ich mich auf und ging in den Backstagebereich, um meine Kohle abzuholen. Das Büro war nicht zu verfehlen. Aus der Tür zog sich eine meterlange Menschenschlange. Kämpfer, Trainer und Hilfskräfte standen dicht gedrängt und robbten im Schneckentempo vorwärts.

Ich stellte mich hinten an. Die Reihe verkürzte sich wie eine langsam brennende Zündschnur. Nach einer Viertelstunde durchtrat ich als Letzter den Türrahmen. Hinter einem wuchtigen Schreibtisch kauerte Knopp. Er lehnte schwer auf den Ellbogen und sah aus, als erlitte er gerade den sechsten Herzanfall des Tages. Als ich herantrat, benetzten süßliche Dämpfe meine Zunge. Ich musste mich zusammenreißen, um nicht auszuspucken.

»Nimm Platz«, schnaufte er, ohne mich anzusehen.

Ich setzte mich.

»Wie viel?«, fragte er.

»Fünfhundert.«

Er hob den Blick und starrte mich durchdringend an.

»Die Gage für Kämpfer ist dreihundert.«

»Ich bin kein Kämpfer«, sagte ich.

»Was denn sonst?«

»Der Reporter aus Wien«, antwortete ich müde, »Und ich habe den Nebenkampfrichter gemacht.«

»Ach ja. Du bist das ... Peter, oder?«

»Ja«, sagte ich ungerührt.

»Danke übrigens. Fünfhundert also?«

Bedächtig zählte er fünf grüne Banknoten aus der Kasse. Als ich ihm zusah, kribbelte es hinter meinem Nabel, und meine Finger juckten; am liebsten hätte ich ihm die Scheine aus den Händen gerissen. Sie sahen verlockend und zauberhaft aus, wie Eintrittskarten in ein fernes Wunderland.

»Bis wann schaffst du den Artikel?«

»Morgen Mittag«, sagte ich und krallte mir das Geld.

»Schick ihn dann gleich rüber. Hast du unsere E-Mail-Adresse?«

»Ja, hab ich.«

»Ich hätte noch einen kleinen Auftrag für dich.«

»Nichts für ungut. Aber ich habe kein Interesse.«

»Ich zahle was extra.«

»Ich bin nicht käuflich«, sagte ich.

Aber als er einen Fächer aus Geldscheinen über den Tisch breitete, war ich mir dessen nicht mehr so sicher; und als er auf hundertfünfzig aufrundete, weil er meinen Wankelmut bemerkte, und sagte, es handle sich lediglich um ein Interview, schiss ich auf meine Vorsätze und steckte das Geld in die Hosentasche.

»Um wen geht's denn?«, fragte ich.

»Aurel Mahler. Er hat eine makellose Statistik. Acht Siege, keine Niederlage. Hat heute eine gute Show gemacht. Ich will ihm vielleicht einen Titelkampf geben. Mit dem Interview sollen ihn die Leute ein wenig kennenlernen.«

»Er kommt aus Wien, oder?«, erinnerte ich mich.

»Ja. Er gehört zum Wolves Gym.«
»O.k. Ist so gut wie erledigt.«
»Na dann ...«
»Wie komme ich denn von hier ins Hotel?«, fragte ich.
»Es gibt einen Fahrdienst. Draußen vor der Halle.«
»Danke.«
»Schon gut«, keuchte er, »DER NÄCHSTE!«
Aber es kam niemand mehr. Knopp ächzte wie eine Dampfmaschine und schlug die Metallkasse zu.
»JUNGS!«, rief er.
Zwei Sicherheitsleute stapften herein. Ich zwängte mich seitlich zwischen ihnen durch. Als ich die Tür hinter mir schloss, hörte ich noch Knopps Stimme:
»So, Jungs. *Jetzt* gehen wir erst mal richtig *ficken*.«

Kapitel IV

Ich fand Aurel in der Nähe des Ausgangs. Das Publikum hatte die Halle verwüstet zurückgelassen, und er watete knöcheltief durch Flyer, Pappbecher und Werbebroschüren. Er war einen halben Kopf kleiner als ich, aber bärenhaft und furchteinflößend. Als ich ihm zurief, wandte er sich um und starrte mir mit dunklen Augen entgegen. Sein Gesicht war eine Maske aus Stein.

Ich war völlig ausgebrannt und wollte die Sache nur hinter mich bringen; deshalb übersprang ich alle Gratulationen und Lobesworte und kam ohne Umschweife auf das Interview zu sprechen. Er zeigte sich nicht begeistert, willigte aber ein.

»Wie wär's morgen Vormittag im Hotel?«, fragte ich.

»Wir fahren heute noch nach Hause.«

»Na ja, dann treffen wir uns am besten mal in Wien.«

»Du kommst aus Wien?«, brummte er.

»Ja.«

»Wo wohnst du?«

»Fünfzehnter Ecke Zwölfter«, sagte ich.

»Hm ... das ist ein gutes Stück von mir weg.«

»Wir können uns irgendwo treffen. Sag mir einfach deine Nummer, und ich rufe dich in den nächsten Tagen an.«

»Gib du mir deine. Ich melde mich bei dir.«

Ich schrieb meine Nummer auf und gab ihm den Zettel.

»Wir haben noch Platz im Auto«, sagte er, »Wenn du willst, kannst du mitfahren.«

»Oh, nein, danke. Ich hab das Rückfahrticket schon in der Tasche. Und ich fahre gerne mit dem Zug.«

»O.k.«, sagte er.

Dann klopfte er mir auf die Schulter und ging.

Allein und verloren blieb ich auf diesem verlassenen Schlachtfeld zurück. Ich sah mich um; der Ring war ein nacktes Gerippe aus Stahl, und die Handwerker knieten davor und schraubten dicke Muttern aus dem Gestänge. Ein alter Mann kehrte in langsamen Bahnen den Hallenboden. Die warme Nacht wehte durch die offenen Tore herein und durchwirbelte die Rauchschwaden, die wie graue Wolken an der Hallendecke hingen. Ich konnte hinaus auf den Parkplatz sehen; Dutzende Gestalten standen im Zwielicht, hatten ihre Taschen neben sich aufgetürmt und warteten auf einen Wagen, der sie ins Hotel bringen würde.

Ich wollte noch nicht ins Hotel. Die letzten Stunden war ich ein Nichts gewesen, ein Zahnrad, eine Kupferplatine, die nötig war, damit der Stromkreis geschlossen blieb und das Karussell sich drehte. Das war zum Glück vorbei; und was ich nun brauchte, was ich mehr als alles andere brauchte, mehr als Schlaf und Brot und Vergessen, war das Gefühl, wieder ganz ich selbst zu sein. Bevor ich im Hotelzimmer ins Kissen sank, wollte ich mir den Dreck vom Leib waschen.

Draußen schnitten Scheinwerfer über den Parkplatz. Ein Kleinbus fuhr vor. Am Heck sammelten sich Menschen und luden Taschen ein. Ihre Körper glühten im roten Schein der Rücklichter. Ich kniff die Augen zusammen und spähte nach dem Fahrer. Ich sah nicht mehr als die Konturen seines Schädels und das Aufglühen einer Zigarette, aber ich erkannte ihn sofort wieder. Es war der Zuchtbulle, der mich vom Bahnhof abgeholt hatte.

Ein Grinsen breitete sich auf seinem Gesicht aus, als ich neben der Fahrertür auftauchte.

»Na, wie hat's dir gefallen? Spring nur rein. Ich nehme dich gleich mit. Dann brauchst du nicht zu warten.«

»Ist es weit zum Hotel?«, fragte ich in das Brummen des Motors. Der Kofferraum knallte zu. Dann rasselte auf der anderen

Seite des Wagens die Schiebetür und Schatten bevölkerten die Rückbänke.

»Nein. Fünf Minuten. Spring rein«, sagte der Fahrer.

Die Beifahrertür ging auf. Er drehte den Kopf und sagte zu dem Burschen, der unsicher vorm Wagen stand:

»Ja ja, rutsch nur rein. Aber mach dich schmal. Der zweite Platz ist für meinen Kumpel hier reserviert.«

»Ich mache noch einen Spaziergang«, sagte ich, »Kannst du mir den Weg zum Hotel erklären?«

Er sah mich aus verständnislosen Augen an.

»Warte ...«, sagte er dann.

Er lehnte sich zur Beifahrerseite und klappte das Handschuhfach auf. Er zog einen gefalteten Stadtplan heraus und breitete ihn auf dem Lenkrad aus. Ich beugte mich in das offene Fenster. Es gab kein Licht außer dem schwachen Abglanz der Scheinwerfer und der Glut der Zigarette, und meine Augen brannten im Rauch; ich konnte das Gebäude, das er mit dem Kugelschreiber einkreiste, nur mit Mühe erkennen.

»Die Lampe hier drinnen geht nicht. Siehst du genug?«

»Na ja ...«

»Hier sind wir. Siehst du? Und dort ...«, er rutschte auf dem schwarzen Plan nach oben und machte ein Kreuz, »... musst du hin. Alles klar?«

»Ähm ...«

»Hier, nimm den Plan. Ich brauche ihn heute nicht mehr.«

»Danke.«

»Gerne. Alle drin? Alles gut verstaut?«, fragte er über seine Schulter zurück. In der Düsternis überkreuzten sich Stimmen. Dann schmiss er den Gang rein und rollte über den Parkplatz davon. Ich folgte den roten Rücklichtern bis auf die Straße. Mit einem Aufheulen des Motors peitschte er in den Verkehr, und ich atmete seine Abgase, rückte den Rucksack auf meinen Schultern zurecht und marschierte los in die unerforschte Nacht.

Ich wünschte, die Sterne sehen zu können; aber der Smog hing dicht über der Stadt, und selbst der Mond war nicht mehr als ein verschwommenes gelbes Glimmen. Meine Glieder waren schwer, und ich ging und ging, streunte durch den Laternenschein, und meine Stimmung wurde immer düsterer. Nirgendwo fand ich auch nur einen Funken Leben. Die Straßen wimmelten vor Menschen, ja ... aber sie waren Leichen mit Flaschen in den Händen. Ich sah sie aus Lokalen wanken, sah sie torkeln und gackern und brüllen und posieren, und ich spürte, dass der Aufruhr in ihrem Blut nur Spiel war. Schon am Montag würden sie dienstbeflissen zurückkehren zu ihren kleinen Schicksalen, in ihre Glastürme schlurfen, Versicherungspolicen bearbeiten, unter Autos kriechen, Ziegel aufeinanderheben, Bierkrüge in verrauchten Stuben servieren, mit abgekauten Fingernägeln zu ihren Vorlesungen hetzen ...

Was hatte ich denn erwartet? Ich war auf der Suche nach Verstrickung gewesen, nach Tiefe, nach Unerwartetem, aber ich sah ein, dass ich mich vom Unbekannten hatte blenden lassen. Frankfurt war eine Stadt wie jede andere, und ich hätte wissen müssen, dass ich nicht mehr finden würde als ein billiges, arrangiertes Schauspiel.

Der Wind blies auf meinen verschwitzten Rücken und trieb Schauer mein Rückgrat rauf und runter. Von allen Seiten her stürzten Geräusche über mir zusammen: das dumpfe Walzen von Rädern auf Asphalt, das Heulen von Motoren, Dröhnen von Bässen, zitternde Fensterscheiben, heiseres Gelächter, klirrendes Glas. Mit gesenktem Kopf trottete ich über das Pflaster. Mir war sterbenselend.

Irgendwann wurde mir das Treiben endgültig zu viel, und ich flüchtete mich in eine schmale Seitengasse. Ich lehnte mich gegen eine Hauswand und atmete tief durch. Aus einem nahen Mistkübel wölkten dichte weiße Schwaden; wahrscheinlich hatte jemand eine brennende Zigarette versenkt. Beißender

Gestank wehte in meine Nase. Verflucht, am liebsten hätte ich diese ganze Stadt in Rauch und Flammen aufgehen sehen. Lieber durch schwelende Asche waten, als weiter diesem Schmierentheater ausgesetzt zu sein. Ich lächelte schief und irr und hob meinen Blick. Plötzlich sah ich alles vor mir. Ich sah Ziegelwände bersten und Kakerlaken sich überschlagen von der Druckwelle der Explosion. Ich sah Menschen aufbegehren mit Messern zwischen den Zähnen. Ich sah Kinder, deren Gesichter mit Kriegsbemalung aus nasser Asche beschmiert waren, Kinder, die lachend um ein Lagerfeuer tanzten. Und auf dem Feuer stand ein Topf, und in dem Topf wurden die Totenschädel der Alten gebleicht. An den Laternenpfählen baumelten aufgeknüpfte Katzen im Wind – und man glaubt nicht, wie ellenlang die sind, wenn sie erst einmal aufgehört haben, sich zu wehren. Schwarze Gestalten huschten über die Dächer. Und überall auf den verdammten Straßen waren Hufabdrücke eingebrannt.

Kapitel V

Splitternackt lag ich in meinem Hotelzimmer und döste. Draußen stieg die Sonne gerade über die Dächer. Meine Brust hob und senkte sich, und bei jedem Atemzug flutete das Licht darauf vor und zurück. Das Fenster stand weit offen. Ein milder Wind wehte herein, noch kühl und feucht vom Morgen, und die Haare auf meinen Beinen flatterten und tanzten und neigten sich wie eine Wiese.

Ich tippte mit den Zehen gegen das hölzerne Fußende des Bettes und genoss die Hitze, die tief in meinen Nabel hinein wirkte. Nach einer Weile nahm ich das Buch, das aufgeklappt auf meinem Oberschenkel lag, und begann darin zu lesen. Aber ich war zu erschöpft und schlaftrunken, um den Sätzen folgen zu können. Ich knickte die Seite um und legte es auf den Nachttisch.

Ich verschränkte die Arme im Nacken und starrte an die Decke. Ich dachte an Iris gestern im Zug, Iris mit dem schiefen Mund und den Augen aus Aventurin, und ich überlegte, was sie wohl gerade trieb. Wahrscheinlich schlief sie noch. Oder sie taumelte durch den Nebel eines Coffeeshops. Ich dachte an Amsterdam, an die Grachten und Museen und Smartshops, und an die Tage, die ich dort verbracht hatte. Bei der Heimfahrt durch Deutschland hatte mir die Grenzpolizei an einer Tankstelle aufgelauert. Ich erinnerte mich genau an das Blaulicht, wie es plötzlich hinter mir kreiste, und wie ich dachte: *Oh Scheiße!* Nachdem sie meinen Wagen auseinandergenommen hatten, grinsten sie, und ich war schuldig. Stundenlang hielten sie mich an dieser Tankstelle fest, drohten mir und ließen mich Papiere unterzeichnen. Als ich weiterfahren durfte, war es vier Uhr morgens, und ich hatte die Hose voll und eine Strafanzeige und ein vorläufiges Einreiseverbot nach Deutschland. Vor mir lagen achthundert Kilometer quer durch die Nacht. Der Mittelstreifen tanzte wie eine weiße Schlange vor den Scheinwerfern her. Ich steckte das Gesicht aus dem Fenster, um nicht einzuschlafen, und meine Ohren schlackerten im Fahrtwind, aber es passierte trotzdem – ich nickte ein, und das Auto verlor die Spur. Aber als der Schotter des Straßenrands durch den Wagen zitterte, schrak ich hoch und riss das Lenkrad herum. Ich erinnere mich, dass dies ein Dutzend Mal passierte, und dass es ein Wunder war, dass ich überhaupt in Wien ankam. Ich parkte mitten auf der Straße, fand das Schloss nicht und zerkratzte den Lack, stolperte ins Haus und zog mich am Treppengeländer hoch, so verdammt müde, dass ich nicht einmal mehr wusste, woher ich eigentlich kam.

In der Ferne schlug eine Kirchenglocke. Es musste zehn Uhr sein. Langsam sollte ich mich an den Artikel machen. Ich setzte mich auf, gähnte lange und reckte die Arme. Dann fischte ich das Notizbuch aus dem Rucksack und legte mich damit aufs Bett. Ich überflog die Aufzeichnungen ... *dominant* ... *harte Lowkicks* ... *Showman* ... Sie waren wie Marksteine, an denen ich mich im Nebel der Erinnerung orientierte. Ohne aufzublicken schrieb ich drauflos, nahm die Wörter, wie sie kamen, stapelte sie achtlos aufeinander wie Ziegelsteine. Früher, bei meinen ersten Aufträgen, hatte ich noch versucht, das Papier mit Worten in Brand zu setzen. Aber bald hatte ich gemerkt, dass dies weder nötig noch erwünscht war. Die Mehrheit der Leser wollte keine ausgefallenen Bilder, keine Poesie; sie wollte in möglichst einfachen Sätzen hören, wer wem die Fresse poliert hat. Nun, mir sollte es recht sein. Das erleichterte meine Arbeit ungemein.

Ich füllte Seite um Seite, und ich schnippte mit den Fingern, weil ich so gut vorwärts kam. Als das Zimmermädchen an die Tür klopfte, war ich schon lange fertig.

In der Eingangshalle des Hotels stand ein Computer. Ich setzte mich davor und klapperte den Artikel in die Tastatur. Dann gab ich Knopps Adresse ein und klicke auf *Senden*. Ich lehnte mich zurück und seufzte erleichtert. Damit war der Affenzirkus für mich vorbei. Nur noch das Interview, aber das war keine große Sache. Ich stand auf, schnappte meinen Rucksack und winkte dem Mann an der Rezeption. Er winkte gleichgültig zurück. Ich schlenderte durch die Halle und hinaus auf den heißen Asphalt. Die Stadt brummte, die Luft roch nach Staub, und der Himmel war eine blaue Wüste. Ich fühlte mich großartig. Meine Hosentaschen waren prall vor Geld, und ich hatte nichts zu tun; nichts, als zu leben.

Kapitel VI

Es war später Abend, als der Zug am Westbahnhof einfuhr. Wieder in Wien, dieser Stadt, in der mich nichts erwartete, und die mich dennoch stets zu sich zurückrief. Die Sonne im Westen senkte sich in die Häuser hinein; der Horizont brannte gelb und rot.

Meine Augen waren rund und neugierig, meine Sinne hellwach. Ich wollte noch nicht in die Wohnung. Die Kerle dort kifften wie verrückt. Sie kippten niemals ein Fenster, damit man das Gras nicht unten auf dem Gehsteig roch, und so lag das Zimmer allzeit in süßem Nebel. Eine Viertelstunde, nicht länger, und meine Lider waren schwer und mein Mund staubtrocken und aller Antrieb verflogen.

Ich durchquerte die Bahnhofshalle und stieg in die U-Bahn ... *Zug fährt ab!* ... Ich starrte durch das Fenster in den rasenden Schacht, auf die vorbeizuckenden Leitungen, die schroffen Vorsprünge; ich starrte ins Dunkel und dachte an nichts. Wir tauchten aus der Erde in die rote Dämmerung. Rechts fiel eine Straße ab. Ich sah Autokolonnen darauf ziehen wie eine wandernde Herde. Hinter mir saßen zwei junge Männer. Bislang hatten sie keinen Mucks von sich gegeben, doch nun begannen sie ein lautstarkes Gespräch. Es war eine fremde Sprache, ich verstand sie nicht, aber ihre Stimmen flammten vor Hohn und Wichtigtuerei und Verachtung. Als die U-Bahn bei einer Station stehen blieb, spürte ich plötzlich einen Atem auf meinen Haaren, und einer von ihnen blökte: *Fuck you!* Ich wusste nicht, ob er gegen meinen Hinterkopf gesprochen hatte oder gegen die Scheibe, gegen den Bahnsteig; und es kümmerte mich auch nicht. Aber als die Zwei bei der nächsten Station ausstiegen, sah ich ihnen mit hartem Blick und zusammengebissenen Zähnen nach. Sie stapften und schwangen ihre Arme und rempelten sich zum Fahrstuhl, und ich maß ihre Körper und überlegte, ob ich sie hätte fertigmachen können.

Die U-Bahn fuhr weiter. Ich blickte aus dem Fenster und sah graue Wolken, die nach Westen zogen, der sterbenden Sonne hinterher – als wollten sie vor der Nacht, die sich am anderen Ende des Himmels erhob, fliehen. Dann ein Turm, der aus dem Häusermeer wuchs: ein schwarzer Block voll glühender Fenster. Gewaltig zeichnete er sich gegen den Abendhimmel ab.

Es war das Allgemeine Krankenhaus. Ich stieg aus und spazierte zum Haupteingang. Ein Mann in Bademantel und Hausschuhen schlurfte mir entgegen. Die Tür rutschte auf, und dieser unverkennbare Geruch nach Mullbinden und Äther hüllte mich ein, und meine Schritte wurden leicht. In alle Richtungen zweigten neonweiße Gänge ab. An den Wänden hingen Schilder mit schwarzen Pfeilen ... *Rehabilitation ... Unfallchirurgie ... Nuklearmedizin ... Starbucks ... Strahlentherapie ... Seelsorge ... Geburtshilfe ... Hämatologie ... Supermarkt ... Ebenen 13–21 ... Anstaltstherapie ... mikrobiologisches Laboratorium ... Forschung ... Bibliothek ...*

Es war ein hochtechnisiertes Imperium, eine immerhelle Stadt, eine Stadt der Kranken. Mit der Besonderheit, dass es hier keine Eile gab, keine Geschäftigkeit, keinen Ehrgeiz. Nur demütige Menschen, die mit verbundenen Köpfen und Gipsfüßen und zerfressenen Lebern durch die Flure schlichen. In der Luft summten gedämpfte Stimmen; ein Flüstern und Schmachten und tröstende Worte.

Im letzten Winter, als die Dachrinnen schwer waren vom Eis, war mir das Krankenhaus eine willkommene Zuflucht vor der Kälte gewesen. Aber auch danach, als die Welt grünte, war ich regelmäßig hergekommen. Hier war eine ruhevolle Sphäre, wie geschaffen zum Nachdenken und Träumen. Zwar war

Herumlungern ausdrücklich verboten, aber der Komplex war derart weitläufig, dass niemand fragte, was man hier verloren hatte. Und wenn, so konnte man immer noch behaupten, man wäre Patient.

Heute aber machte ich mir darüber keine Sorgen. Es war Sonntag, und Sonntag war Besuchstag, und obwohl bereits Abend, waren die Flure voller Menschen. Abwesend tappte ich zwischen ihnen über den Marmorboden. Da ertönte plötzlich eine männliche Stimme neben mir:

»Entschuldigung!«

Ich erstarrte mitten im Schritt.

»Ich habe Krebs«, sagte ich.

»Wie? ... Ähm ... das ... ich wollte auch nur ...«

Ich wandte den Kopf. Ich sah seine verstörten Augen, und auch, dass er keinen weißen Kittel, sondern ein Polohemd trug, und ich atmete auf ... Fehlalarm!

»... ich wollte nur ... ich suche ...«

»Nein, nein, war nur ein Scherz«, sagte ich, um ihn zu beruhigen, »Ich habe keinen Krebs.«

Das stürzte ihn aber nur in noch tiefere Verwirrung. Er starrte mich an, und sein Mund stand offen, die Zunge wand sich ratlos in ihrer Höhle.

»... ähm ... uhm ...«

Er war so durcheinander, dass er kein klares Wort herausbrachte. Ich ließ ihn stehen, bog um die Ecke, sprang in einen Aufzug und drückte den Knopf für den sechsten Stock. Ich wollte nicht in der Nähe sein, wenn er den Nächsten ansprach. Vielleicht kam eine Krankenschwester des Weges und gab ihm Auskunft, und vielleicht sagte er: »Danke! Aber eins noch ...«, senkte seine Stimme und erzählte von diesem wunderlichen Krebspatienten, der im Erdgeschoss sein Unwesen trieb.

Im sechsten Stock war die Unfallambulanz. Eine Station war mir so gut wie die andere, und ich stieg mit einem Achselzucken aus. Ich hatte nichts vor, auch nichts Besonderes im Sinn, wollte nur ein wenig umherstreunen, ein paar Körnchen Wirklichkeit auflesen und mir unter die Haut reiben.

Vorm Anmeldeschalter standen ein Mann und eine Frau. Sie zitterte am ganzen Leib, von oben bis unten, und aus ihrer Kehle wimmerte es; sie grunzte und würgte an ihrem Speichel. Der Knöchel ihres linken Fußes war dick verbunden, der Verband hatte rostbraune Flecken von getrocknetem Blut. Als ich näher kam, erhaschte ich einen Blick in ihr Gesicht: Es war schief vor Schmerzen. Der Mann redete hastig auf die Krankenschwester ein. Seine Worte prallten von der Glasscheibe, sie verfingen sich in meinen Haaren und Ohren, als ich mich am Schalter vorbeiduckte ... *Ja, der Nagel ist noch drin ... muss irgendwo im Gelenk* ... dann verklang seine Stimme, und ich kam in den Warteraum.

Ein weißer Saal; weiße Wände, weiße Plastiksitze, weißes Neonlicht. Hier und da kauerte eine Gestalt. Es roch nach Schweiß und morschen Knochen.

Ich setzte mich auf den erstbesten Platz und schlug die Beine über. Wie es sich wohl anfühlte, einen Nagel im Fuß stecken zu haben? Ich legte einen Fingernagel an den Knöchel und bohrte ihn hinein; aber ich spürte nicht mehr als einen scharfen Druck. Es war jedoch bestimmt nicht lustig, das war mal sicher.

Ich fischte mein Buch aus dem Rucksack, entfaltete das Eselsohr und suchte die Zeile ... da überkam mich schlagartig das instinktive Gefühl, dass irgendwas nicht stimmte. Eine undeutliche und düstere Ahnung rieselte mein Rückgrat hinab. Ich blickte mich verstohlen um. Weit und breit kein weißer Kittel. Ich sah über die andere Schulter. Dort hinten! In der letzten Reihe saß ein Kerl, der seine tätowierten Arme vor der Brust verschränkt hatte in einem Gewirr aus schwarzen Ornamenten. Seine dunklen Augen glänzten; wie Gewehrläufe, die mit Diamanten geladen waren ... und sie waren auf mich gerichtet.

Mir wäre wohl das Herz in die Hose gerutscht, wenn ich diese Augen nicht erkannt hätte. Es war Aurel.

Ich ging rüber, um Hallo zu sagen.

»Hallo«, sagte ich.

»He, Mann!«

Ich setzte mich ihm gegenüber. Der gestrige Kampf hatte deutliche Spuren hinterlassen; sein Gesicht war übersät mit kleinen Schnitten und Blessuren.

»Ist beim Kampf was passiert?«, fragte ich.

Er hob seine rechte Hand; die Finger zitterten.

»Ich glaube, die ist gebrochen.«

»Oh Shit ...«

»Ja.«

»Weißt du, wie es passiert ist?«

»Nein, Mann, keine Ahnung. Im Kampf geht es so drunter und drüber. Vielleicht beim Blocken von einem Kick. Einmal ist meine Faust gegen seine Stirn geknallt. Das habe ich gespürt. Vielleicht war es da. Weiß nicht.«

»Sieht nicht gut aus«, brummte ich. Seine Finger zitterten wie wild, und alle paar Sekunden schlug einer davon aus. Er verschränkte wieder die Arme, klemmte die gebrochene Hand unter die Achsel, damit sie stillhielt.

»Vielleicht ist ein Nerv eingeklemmt«, sagte er ruhig, »Das hatte ich schon einmal. Gestern habe ich mir noch nicht viel dabei gedacht. Aber heute konnte ich die Schuhbänder nicht mehr schnüren ... die Gabel nicht mehr halten ... nichts mehr.«

»Warst du schon beim Röntgen?«, fragte ich.

»Nein.«

Für einen Moment herrschte Schweigen. Aurel saß breitbeinig da und starrte mir unverwandt ins Gesicht. Ich streifte mit meinem Blick über den matten Kunststoffboden, die Wände, die kauernden Patienten. Da hatte ich plötzlich einen Einfall, und ohne weiter nachzudenken ließ ich ihn von der Zunge rollen:

»Sag mal ... wie wär's, wenn wir das Interview machen?«
»Jetzt?«
»Ja, klar.«
Er starrte mich nur an. Sein Gesicht war wie aus Eisen gegossen: eine Maske voll Härte und Unnahbarkeit. Ich versuchte, darin zu lesen, aber es war unmöglich. Erst lange Zeit danach erfuhr ich, dass er sich diese Maske im Knast zugelegt hatte, weil er unter Wölfen war und keine Schwäche zeigen durfte. Und ich hörte auch die Geschichte, wie seine kleine Tochter bei einem Besuch ihre Hände gegen die Trennscheibe presste und weinte und wie sein Gesicht trotz der Qualen dahinter unbewegt blieb. Er hatte die Maske verinnerlicht, bis sie ihm in Fleisch und Blut übergegangen war.

Ich hängte aufs Geratewohl dran:

»Dich interessiert das Interview doch auch nicht, oder? Aber es dauert ohnehin noch, bis du hier fertig bist. Und wenn wir es jetzt gleich hinter uns bringen, dann brauchen wir beide keinen Gedanken mehr daran zu verschwenden.«

Einige Sekunden vergingen. Dann lehnte er sich vor, stützte die Ellbogen auf die Knie und seufzte:

»O.k. Legen wir los.«

Ich nahm mein Notizbuch aus dem Rucksack und kratzte mit dem Kugelschreiber an meiner Schläfe. Ich spürte die Abneigung wie ein zappelndes Tier in meinem Magen; eine Abneigung gegen Interviews, Reportagen und den ganzen Mist. Aber ich dachte an die Kohle in meiner Tasche und dass es gleich vorbei sein würde. Ich runzelte die Stirn und begann in geschäftsmäßigem Ton:

»Also ... wie lange trainierst du schon Kampfsport, und was war der Grund, damit anzufangen?«

»Ich war schon als Kind ein Raufbold. In der Schule ...«

Es ging besser voran, als ich gedacht hatte. Ich brachte Dunkelheit auf, Aurel erhellte sie. Irgendwann knirschte eine Stimme durch den Warteraum ... *Aurel Mahler* ... und als er vom Röntgen zurückkam, waren wir schon so gut wie fertig. Danach plauderten wir ein bisschen. Ich sagte etwas über seine Tätowierungen, und er antwortete, er hege eine Vorliebe für alles, was polynesisch sei. Ich nickte lächelnd und sagte:

»Eine Sache fällt mir immer ein, wenn ich Polynesien höre. Es gibt noch immer Inseln, die nicht befahren werden können, weil die dortigen Stämme jedes nahende Schiff mit Pfeilen und Speeren angreifen. Ein wunderschöner Gedanke, nicht?«

Da formte sich seine Maske zu einem herzlichen Lächeln.

»Ja«, meinte er, »Eine gute Vorstellung.«

»Ich werde mich mal wieder auf den Weg machen.«

»O.k., Mann.«

Er hielt mir seine Hand hin. Ich packte sie und schüttelte. Da fiel mir auf, dass es seine rechte war, die *gebrochene*. Scheiße! Ich ließ sofort los und sah ihn verwirrt an. Aber in seinem Gesicht fand ich keine Spur von Ärger oder Schmerz.

»Mach's gut«, sagte er nur.

»Du auch.«

Ich spazierte davon. Kurzzeitig war ich verstört und zerbrach mir den Kopf, warum zum Teufel er mir seine gebrochene Hand gegeben hatte. Aber schon eine Ecke weiter war es mir egal, und nach der nächsten Ecke hatte ich es bereits vergessen. Ich rief einen Aufzug und fuhr hinauf, in den siebzehnten Stock.

Vor einem Kaffeeautomaten standen zwei alte Männer mit Plastikbechern in der Hand. Ihre weißen Bademäntel waren von Brandlöchern durchsiebt. Ich schritt durch den Kaffeegeruch den Korridor hinab, vorbei an Krankenbetten, nackt und stählern wie Folterbänke, vorbei an geschlossenen Türen, an Blumenvasen und Kinderzeichnungen und betäubenden Gerüchen, immer weiter den Korridor hinab. Endlich fand ich eine Tür, die sperrangelweit offen stand. Ein unbelegtes Zimmer. Treffer!

Mit einem Kribbeln im Bauch spähte ich über die Schulter zurück. Niemand zu sehen. Ich legte eine Hand ans Ohr und lauschte, hörte aber keine nahenden Schritte. Also schlüpfte ich hinein. Zwei Betten schwammen als vage Umrisse in der Dunkelheit. Auf leisen Sohlen glitt ich durch den Raum. Ich legte die Hände auf das Fensterbrett, das noch warm war vom Tag, und atmete tief ein. Der siebzehnte Stock! Was für ein Ausblick!

Weit, weit unter mir lag die Stadt wie ein schlafendes Tier. Bis zum Horizont glomm ein Meer aus Lichtern, und der Nachthimmel glänzte kupfern von ihrem Widerschein. Ich konnte die großen Straßen sehen, die den endlosen Strom der Autoscheinwerfer im Rhythmus der Ampeln durch ihre Adern pumpten.

Vor zweieinhalbtausend Jahren waren hier nichts als Wälder. Was mag wohl in fünfhundert Jahren sein? Vielleicht ändert sich nicht viel; vielleicht reiht sich ein Wolkenkratzer an den nächsten, und die Leute trotten weiterhin jeden Morgen zur Arbeit und sind rastlos und unzufrieden und hassen einander. Vielleicht ist ganz Wien auch von einer gläsernen Kuppel überspannt, und seltsame Gefährte schwirren wie Mücken darunter umher. Vielleicht liegt aber auch alles in Trümmern. Vielleicht ragt nur noch der Sockel des Millennium Towers aus der Donau, und Wellen schwappen über verrostete Kabel und Rohre hinweg, und Karpfen schwimmen durch die einstmaligen Läden. Vielleicht ist die Mariahilfer Straße grün, und allerorts wachsen Apfelbäume, deren Wurzeln über die Jahre den Asphalt aufgebrochen haben. Vielleicht sind die Bürotürme nur mehr Ruinen, in deren geborstenen Fenstern Kondore nisten. Und vielleicht ziehen Prediger einer neuen Religion durch diese steinerne Wildnis, mit nicht mehr am Leib als einer Schwimmbrille, und erzählen düstere und verrückte Geschichten aus einer Zeit, als die Stadt noch ein stählerner Wal war, in dessen Bauch die Menschen hoffnungslos festsaßen.

Kapitel VII

Eine Ratte huschte durch den Rinnstein. Ich folgte ihr mit den Augen, wie sie unter einem geparkten Auto verschwand. Dann blickte ich an der Hausfassade hoch. Aus zwei Fenstern gewitterte es hell in die Nacht hinaus. Raue Kehlen donnerten dort oben, und die Worte flogen durch die Scheiben und verformten sich und fielen als dunkle Brocken auf den Gehsteig herab.

Ich ging hinein in den finsteren Hof, zum Hauseingang, und drückte die Klingel. Nichts geschah. Ich drückte erneut, wartete. Nichts. Ich seufzte und klemmte den Zeigefinger gegen die Glocke. Durstige Stechmücken schwirrten aus den Sträuchern herbei, und sie hatten alle Zeit, ihre Rüssel in meine Haut zu senken, denn es dauerte Minuten, bis oben in der Wohnung endlich jemand den Arsch vom Sofa hochbekam und öffnete.

Dann schnurrte das Schloss. Ich betrat das Treppenhaus und hörte, wie oben die Wohnungstür entriegelt wurde. Ich federte hinauf in den zweiten Stock. Die Tür war angelehnt; ein satter Grasgeruch strömte heraus. Ich schnupperte, runzelte die Stirn und drückte mich durch den Spalt.

Die Wohnung war der helle Wahnsinn. Im Vorraum rollten sich die Tapeten von den Wänden; das Mauerwerk darunter war überspannt mit braunen, fein verästelten Flechten. Schwarze, mannshohe Müllsäcke versperrten den Weg zu den Zimmern. Aufgeräumt wurde nur alle paar Monate, und dann fielen solche Berge an, dass es unmöglich war, sie ohne Lastwagen wegzuschaffen. Also blieb der Müll einfach hier. Manche der Säcke hatten Risse, dort quollen Bierdosen, Bananenschalen und klebriger Schleim hervor, und es wimmelte schwarz und weiß.

Ich hielt den Atem an und drängte mich hinein. Die Fliegen stoben in schwarzen Wolken auf, wie Atompilze. Ich beeilte mich; doch mitten zwischen den Säcken kam mir eine stämmige Gestalt entgegen. Sie sah aus wie ein neunzig Kilo schwerer Don Quijote im Unterhemd. Es war Raffael, der rechtmäßige Mieter hier. Er begrüßte mich, indem er einen gewaltigen Furz ließ ... *Pffffrrrrzzzzz!*

»Mann o Mann. Riecht, als hätte ich einen Braten in der Röhre, was? Na hoffen wir, dass der Braunstift noch nicht geschrieben hat. Wie war's in Deutschland?«

»Gut«, röchelte ich.

»Alles nach Plan verlaufen?«

»Nicht ganz. Aber es hat sich gelohnt.«

»Ordentlich Kohle abgestaubt?«

»Eine Menge«, grinste ich.

»Sag mal ... du kannst mir wohl nicht zufällig einen Zwanziger leihen? Auf eine oder zwei Wochen? Dann sollte ich wieder ...«

»Kein Problem.«

Ich nahm das Bündel Scheine aus meiner Hosentasche und pflückte einen Zwanziger ab – »Hier!«

»Shit, bist du reich! Wie viel ist das?«

»Hmm ... etwa sechshundert.«

»Alter! Wenn ich das gewusst hätte, hätte ich um einen Fünfziger gefragt ... hehe ... aber scheiß drauf. Mit dem Zwanziger rettest du mir echt das Leben.«

Er lehnte sich in die Müllsäcke, damit ich durchkonnte. Ich zwängte mich vorbei ... *Pffrriiuuuhhh!* ... röhrte ein weiterer Furz und blies einen Schwarm Fliegen vom Plastik. Da schlug Raffael plötzlich die Knie zusammen und riss die Augen auf.

»Verflucht! Jetzt muss ich aber machen, dass ich aufs Scheißhaus komme. Sonst passiert ein Unglück.«

Dann rannte er davon, und ich hörte, wie die Klotür zuknallte. Ich machte mir keine Hoffnungen, das Geld jemals wiederzusehen. Aber was machte das schon? Immerhin war es seine Bude, und obwohl ich seit vier Monaten auf dem Sofa pennte, hatte er noch nie einen Cent von mir verlangt.

Nach wenigen Schritten stand ich vor der Wohnzimmertür. Dahinter donnerten die Kehlen. Ich griff nach der Klinke und drückte sie runter. Das Licht war abgedreht, der Raum voll Schwärze. Im Fernseher lief ein Porno, und die flackernden Farben tanzten über die Wände. Es dauerte ein paar Sekunden, bis mein Erscheinen bemerkt wurde; dann ging es los.

»Er ist wieder da.«
»He, du Arschficker!«
»Hola Amigo.«
»Was geht?«
»Abend!«
»Was geht ab?«
»Hey Leute!«, gab ich zurück.

Es war ein knappes Dutzend, das sich hier eingenistet hatte; ebenso wie ich. Ein Sofa grenzte an das nächste, und überall kauerten reglose Körper. Mehrere Joints wanderten im Dunkel umher wie fette Glühwürmchen, die sich von einer Hand auf die nächste setzten.

»Wo warst du denn, du Fucker?«
»Gestern war die Hölle los!«
»Hast was versäumt!«
»Glaube ich kaum«, neckte ich sie.
»Was soll denn das heißen? Mann, das war ein Abend! Alf ist abgegangen wie eine Rakete, nicht wahr, Alf?«
»Scheiße, nie wieder trinken. Keinen Tropfen mehr«, stöhnte Alf.
»Er hat irgendeiner Tussi an die Muschi gefasst. Wobei ihr Freund ...«

»Halt die Schnauze!«, sagte Alf.

»Ihr Freund stand daneben. Hat ihn nicht gerade gefreut, wie du dir vorstellen kannst. Hat auch nicht lange gefackelt und dem Alf eine verpasst.«

»Du sollst die Schnauze halten!«, fluchte Alf.

»Was denn? Stimmt es etwa nicht? Jedenfalls hat der gute Alf nur gelacht. Dann hat er zurückgeschlagen. Und jetzt kommt's. Er hat ihn aus den Sandalen gehauen. Wie in den Filmen! *Zack*, und der Kerl lag flach. *Aber seine Sandalen standen noch da!* Was sagst du dazu? Unglaublich, oder? Hahahaha!«

»Mann, was für eine Scheiße!«, stöhnte Alf, »Das arme Schwein wollte doch bloß seine Freundin beschützen. Nie wieder ... ich sag dir ... nie wieder einen Tropfen ...«

Ich lachte und spähte dabei durch den Nebel. Dort hinten, am Rand eines Sofas, war ein freier Platz. Ich tappte langsam durch den Raum, weil ich im Gewitter des Fernsehers kaum etwas sah, meine Füße wateten durch Plastik und Papier, kleine Steine knirschten unter meinen Schuhen. Vor einigen Wochen hatten wir den verschimmelten Teppichboden herausreißen müssen. Nun gingen wir auf nacktem Beton, aber das machte keinen großen Unterschied, denn der Müll stand immer kniehoch, und die Tischplatten schwammen darauf wie Flöße.

Der Computer war ständig besetzt. Heute war es Jack, der vor einem Kriegsspiel klebte. Seine Finger wimmelten über die Tastatur, mit einem wilden Geklapper, und die sterbenden Soldaten bettelten um eine Gnade, die sie niemals erhielten.

Ich klopfte ihm auf die Schulter. Er zuckte zusammen.

»Lass mich nachher mal an den Computer«, sagte ich, »Ich muss noch was erledigen.«

»Ja, ja«, krächzte er mit tonloser Stimme.

Ich ging weiter, schlüpfte aus dem Rucksack und ließ mich ins Sofa fallen. Neben mir saß Shorty. Mit offenem Mund folgte er dem Porno im Fernseher. Seine rechte Hand steckte in der

Hose; der Hosenlatz hüpfte. Aber das berührte mich nicht weiter. Immerhin waren es seine Boxershorts, die er verklebte, nicht meine.

Ich lehnte mich zurück und schloss die Augen. Ich hörte das Hin und Her der Stimmen, das Gurgeln einer Wasserpfeife, die Bomben des Kriegsspiels, das ewige Summen der Fliegen, und die Pornodarsteller, die sich die Eingeweide aus dem Leib stöhnten. Und neben mir stimmte Shorty in das Stöhnen ein.

Dieser elende Rauch! Bei jedem Atemzug kratzte er meine Kehle hinab, füllte mir die Brust und scharrte an den Rippen. Ich hustete und wurde immer benommener, versank immer tiefer im Sofa, und alles versank um mich herum.

Es kostete mich zunehmend Mühe, die Augen offen zu halten. Ich wollte noch nicht schlafen. Das Interview mit Aurel saß mir im Schädel wie ein ungebetener Gast, ich würde keine Ruhe haben, ehe ich es nicht abgetippt und losgeschickt hatte. Aber Jack dachte überhaupt nicht daran, den Computer zu räumen.

Allmählich verebbten die Stimmen; die ersten Mäuler schnarchten. Der Porno endete in einem feuchten Feuerwerk, und als niemand die DVD wechselte, blieb der Fernseher in einem blauen Standbild hängen und legte eine friedliche Dämmerung über den Raum. Selbst die Fliegen kamen zur Ruhe. Einzig die Tastatur klapperte weiter, und die Schüsse knallten durch die Nacht.

Bis Jack irgendwann laut aufheulte. Er hämmerte mit den Fäusten gegen den Bildschirm und raufte sich die Haare. Dann warf er sich schreiend auf den Boden und wälzte sich im Müll.

»HALT DIE SCHNAUZE!«, brüllte Raffael aus dem angrenzenden Schlafzimmer. Jack verstummte und blieb im Müll liegen. Ich lächelte träge, nahm das Notizbuch aus dem Rucksack und setzte mich auf den freigewordenen Stuhl.

Meine Augen brannten, und ich blinzelte unentwegt; es dauerte, bis ich alles entziffert hatte. Anschließend machte ich mich an eine kurze Einleitung, ein paar Sätze, um zu verdeutlichen, warum gerade Aurel einen Titelkampf verdiente. Mein Kopf war umnebelt, ich schrieb aus dem Bauch, und als ich fertig war, ragte ein Krieger aus den Zeilen, der nur die Hand heben musste, um die Sonne zu greifen. Was soll's, dachte ich und ließ es stehen.

Ich gab Knopps E-Mail-Adresse ein und schickte den Text ab. Dann entrang sich mir ein Ächzen, tief aus meiner Brust. Ich streckte die Arme, bis meine Wirbel knackten. Eine bleierne Schwere durchströmte mich. Endlich alles erledigt!

Eine Zeit lang blieb ich vorm Computer sitzen. Das Internet breitete sich vor mir aus, diese dampfende Kloake aus Einsen und Nullen, und ich konnte der Versuchung nicht widerstehen, ein paar Züge darin zu schwimmen. Ich las die Nachrichten des Tages, von Mord, Korruption und Unruhen, lächelte darüber und schlug *Lumineszenz* in einem Online-Wörterbuch nach. Irgendwann kam mir der Einfall, etwas über Aurels Tätowierungen herauszufinden. Sicherlich bargen all diese Totems und Ornamente eine tiefere Bedeutung! Nach kurzer Suche fand ich eine Seite, die der polynesischen Symbolik gewidmet war. Aber ich vergaß völlig, was ich vorhatte, als ich darin auf folgenden Absatz stieß: *Götter und Geister waren lebendiger Bestandteil ihres täglichen Lebens. Magische Beziehungen zwischen Menschen, Tieren und Pflanzen durchwoben die Welt der Polynesier und verbanden sie untrennbar mit der Welt der Götter und Ahnen.*

Mit einem matten Lächeln lehnte ich mich zurück. Die Vorstellung einer reichen, blühenden Welt durchrieselte mich wie eine Gänsehaut. Aber meine Begeisterung hielt nicht lange. Bald stiegen Ahnungen von Ritualen und Traditionen und Frömmigkeit in mir auf, von Zweiflern, die von der Masse schief beäugt wurden, und von gebieterischen Priestern, die vorgaben, im Besitz endgültiger Wahrheiten zu sein. Ich verzog mein Gesicht zu einer höhnischen Grimasse und stellte grimmig und bedauernd fest, dass mir die Abscheu vor Religionen zu tief im Blut saß, als dass sie vor Urvölkern haltgemacht hätte.

Ich schaltete den Computer aus. Dann stand ich auf und gähnte. Mein Blick schweifte durch den düsteren Nebel: Nichts regte sich mehr. Ich gähnte erneut. Dann schlurfte ich zurück in meine Ecke ... aber ... was ... dort lag eine schwarze Masse im Schatten, ein Bündel aus Gliedern, genau dort, wo ich zuvor gesessen war. Ich ging näher heran. Es war Jack. Er musste durch den Müll auf das Sofa gekrochen sein. Ich starrte auf sein schlafendes Gesicht, das zwischen seinen Armen lag, und er verschwamm vor meinen Augen, so schwer waren meine Lider.

Ich war zu müde, um noch verärgert zu sein. Würde ich eben in der verfluchten Badewanne schlafen! Ich hängte mir den Rucksack um und watete zur Tür. Ich legte eine Hand um die Klinke ... da stolperte mein Blick über die Matratze. Sie lag eingekeilt zwischen einem Sofarücken und der Wand und war groß genug für zwei, aber nur eine Gestalt lag darauf, schräg drüber. Das verwirrte mich, denn die Matratze war das begehrteste Lager; nirgendwo sonst konnte man sich der Länge nach ausstrecken. In meinem Kopf knirschten die Zahnräder. Aber dann blieben sie stecken, und ich dachte: Ist doch egal, warum – hier ist noch Platz!

Ich beugte mich runter, stupste gegen die gewölbte Decke und murrte:

»He, rück mal rüber!«

Ein gedämpftes Stöhnen unter der Decke. Es klang merkwürdig in meinen Ohren. Dann sah ich blonde Haare, die über das Kissen flossen, die Decke lüftete sich und süßliche Düfte stiegen daraus hervor, müde Augen blinzelten mich an – warum zum Teufel lag hier ein Mädchen?

Im ersten Moment war ich so überrascht, dass ich kaum ein Wort herausbrachte – »Ähm ... öh ... entschuldige ... ich wollte dich nicht wecken ... ich habe nur gedacht ...«

Sie rutschte mit ihrer Decke gegen die Wand und flüsterte: »Schon o.k. ... Ich kann ohnehin nicht schlafen ...«

Ich schlüpfte aus den Schuhen und legte mich mit einigem Abstand neben sie. Auf der Matratze kam ich mir fremd vor. Der Rauch stand hier in Bodennähe nicht so dicht, und alles duftete nach ihren Haaren, ihrem Schweiß, ihrem Geschlecht. Die Gerüche fuhren mir durch Mark und Bein. Mein Herz pumpte drauflos, pumpte heiße Wellen durch meine Adern, spülte Schlaf und Schwere und alles andere fort, und als sich mein Blut wieder beruhigte, hatte ich in der unteren Körperhälfte weitaus mehr davon als oben.

»Ich kann auch nicht schlafen«, sagte ich nach einer Minute mit möglichst harmloser und verdrossener Stimme, »Magst du noch ein wenig quatschen?«

Treffer! Sie kannte mich nicht, aber ja, warum nicht, reden wir ein bisschen! »Ich bin Julia!« Sie setzte sich mit dem Rücken gegen die Wand, und ihr Gesicht schimmerte wie Elfenbein; ich fragte dies und fragte das, und sie erzählte ... dass sie gestern auf einer Party gewesen sei, und dass sie bei ihrer Oma wohne, wo sie spätnachts nicht mehr reinkomme. Raffael sei auch auf der Party gewesen, sie kenne ihn schon lange, noch von der Schule her, und so sei sie hier gestrandet. Heute sei sie zu faul und verkatert gewesen, um heimzufahren. Sie erzählte und erzählte, hatte den Mund voll mit Worten, und als die raus waren, war auch noch das Herz rammelvoll. Sie flüsterte leise und breitete ihre Träume vor mir aus, Träume eines Kindes, von Zukunft und Glück und Traumschlössern, und ich bedauerte sie im Stillen dafür. In ihrem Inneren glaubte sie wohl selbst nicht mehr daran, denn als sie davon sprach, war ihre Stimme von einer eigenartigen Traurigkeit getragen. Ich bot ihr meine Ohren und schwieg, und wenn ich etwas sagte, dann versuchte ich schlau oder witzig oder einfühlsam zu sein, reine Medizin, und ich konnte in ihren Augen sehen, dass sie mich dafür mochte.

Es ging immer tiefer in die Nacht, ich lauschte und nickte, bis mein Nacken schmerzte, und ihre Worte häuften sich vor mir auf wie Puzzlesteine, die zusammenzusetzen ich nicht mehr imstande war.

Irgendwann ging sie auf die Toilette. Oh Mann, ich musste auch und schlich ihr hinterher, bog aber in die Küche ab und pinkelte in das Spülbecken mit den schmutzverkrusteten Töpfen. Zurück auf die Matratze, fiebriges Warten, begieriges Warten. Die Tür ging auf, ich lächelte. Sie trat vor mich hin mit einer sonderbaren Miene, und eine Erdnussschale knirschte unter ihren Socken. Dann packte sie ihr T-Shirt und zog es mit einem Ruck über den Kopf. Ich schnappte nach Luft vor Verlangen. Sie schlüpfte unter ihre Decke und hielt sie hoch ... dann ... ein rotes Kondom, mit dem mein Ständer aussah wie eine Spielzeugrakete. Ich biss mir auf die Zunge, um diesen Gedanken nicht auszusprechen. Ihre Lippen schlossen sich um meinen Schwanz, und mit dem Kondom fühlte es sich seltsam an, als halte sie einen Föhn darauf gerichtet. Ich spielte an ihren Brüsten, die zu flach waren, um sie zu kneten, und fasste zwischen ihre Beine in den nassen Spalt. Dann hauchte sie mir ins Ohr – »Ich will, dass du mich von hinten nimmst!« – und es klang betörend, aber auch ein wenig gezwungen, wie ein Trotz gegen sich selbst, als wollte sie mir oder sich oder irgendwem etwas beweisen. Aber was soll's, denn vielleicht wollte ich ja auch irgendwem was beweisen. Sie stützte sich auf Knie und Ellbogen, und ich baute mich hinter ihr auf. Mein Becken klatschte gegen ihren Hintern, ihr Rücken wand sich unter meinen Händen wie eine aufgeregte Schlange, sie stöhnte hinter geschlossenen Lippen, aufgestörte Fliegen umschwirrten uns, und ringsum tanzten die Flöhe *Cancan*.

Die Morgendämmerung hauchte durch die Fenster. Die Luft war blau und trüb wie zerstäubtes Eis, und die zahlreichen Kehlen schlürften sie in sich hinein und schraubten sie dann in

Schnarchspiralen hoch zur Decke. Mein Kopf lag zwischen Julias Brüsten, ging auf und nieder mit ihrem Atem, und ihr Herz pochte gegen mein Ohr. Ich lächelte müde und heiter. Alles in allem war die Bude hier gar nicht so übel.

Kapitel VIII

He, Philipp, bist du schon wach? Ist er schon wach? Mann, der vögelt wie Max ... der macht auch immer so Pausen.«

Ich hörte, wie er in die Hände klatschte – *patsch, patsch, patsch ... patsch, patsch, patsch ...*

»Nein«, erwiderte Gregor, »Es war eher so.« – *patsch, patsch, patsch ... patsch ... patsch, patsch, patsch ...*

»Quatsch«, mischte sich Jaki ein, »Ich war hellwach. So war's.« – *patsch, patsch ... patsch, patsch ... patsch, patsch ...*

»Ich hab gestoppt. Neun Minuten waren's.«

»Neun Minuten?«

»Na ja ... nicht gerade eine Marathon.«

»Nein, wirklich nicht.«

Ich vergrub meinen Kopf unterm Kissen.

Julia war bereits am frühen Vormittag ausgeflogen. Ich hatte ihre Lippen auf meiner Stirn gespürt und ihren Atem an meinem Ohr, aber ich war zu schläfrig gewesen, um zu reagieren. Jetzt döste ich vor mich hin, atmete ihre verfliegenden Düfte, und meine Morgenlatte drückte die Sprungfedern ein.

Ich war heillos unausgeschlafen und wäre wohl noch eine Weile so liegen geblieben, hätten mich nicht gellende Schreie aus meinem Dämmer gerissen ... *NEIN! ... HILFE! ...* Ich setzte mich auf und rieb mir die Augen. Ein Horrorfilm tauchte das Zimmer in Blut. Alle Blicke klebten am Fernseher. Niemand nahm Notiz von mir, als ich aufstand. Ich ging ins Badezimmer, putzte meine Zähne, wusch mein Gesicht und machte mich aus dem Staub.

Was für ein Tag! Die Sonne war ein Feuerball, die Erde eine Perle und der Himmel ein Fisch mit weißen Schuppen. Ich sog die Luft in meine Nase, roch den staubigen Asphalt, roch den Hundekot, roch die Abgase: Es waren Wohlgerüche gegen den stickigen Rauch der Bude.

Mit jedem Schritt durch die Sonne wurde ich munterer, bröckelte der Rauch aus meinen Ohren, lichtete sich die Welt. Ich tastete nach dem Bündel in meiner Hosentasche und lächelte. Es war lange her, seit ich zuletzt so viel Geld gehabt hatte. Ich nahm es heraus und zählte es in der hohlen Hand. Fünfhundertachtzig Euro! Und ein paar Zerquetschte. Ein heißes Behagen wallte mir durch den Bauch. Ich rollte die Hunderter zusammen und steckte sie in die linke Hosentasche. Der Rest kam in die rechte. Damit würde ich es mir gut gehen lassen.

Als ich die Hand aus der Hosentasche zog, kreiselte irgendwas davon herab. Es war ein Zettel, der Wind erfasste ihn, und er flatterte davon wie ein weißer Schmetterling. Ich rannte hinterher und schnappte ihn aus der Luft. Noch bevor ich ihn entfaltet hatte, bäumte sich die Erinnerung in mir hoch – Iris! Iris aus dem Zug, mit dem schiefen Mund und den Augen aus Aventurin. Ich klappte den Zettel auf und betrachtete ihre Schrift. Ob sie schon aus Amsterdam zurück war? Ich fischte mein Handy aus der Hose und tippte ihre Nummer ein; das Herz schlug mir im Hals, aber nur für eine Sekunde, dann strandete ich auf einem Tonband ... *Der von Ihnen gewünschte Teilnehmer ist zurzeit nicht erreichbar* ... Offenbar war sie noch außer Landes. Ich knüllte den Zettel zusammen und steckte ihn wieder ein.

Was sollte ich heute mit mir anfangen? Es war seltsam, so durch die Straßen zu gehen, mit Geld in den Taschen ... überall einkehren, alles kaufen, jeden Eintritt aufbringen zu können. Ich wusste kaum, womit ich anfangen sollte. Oh doch, ich wusste es! Allem voran würde ich mir ein ausgiebiges Frühstück gönnen. Im neunten Bezirk gab es einen guten Laden, das *Weltcafé*. Mein Magen gurgelte in hastiger Zustimmung.

Mein Weg zur U-Bahn führte mich an einem Verein zur Betreuung von Behinderten vorbei. Im ersten Stock hingen Blumenkästen vor den Fenstern, und das Wasser sickerte durch die Erde und rieselte auf den Gehsteig herab. Ein dicker Mann in Latzhose tänzelte darunter umher und versuchte, die Tropfen mit seiner Zunge aufzufangen. Als er mich kommen sah, blubberte er mit den Lippen. Wir kannten uns bereits. Ich grüßte ihn freundlich. Er gluckste vergnügt und wiegte den Kopf. Dann watschelte er zurück in das Straßencafé, das zum Verein gehörte, und setzte sich zu einer Gruppe an den Tisch. Ich ging vorbei und winkte.

»SEAWAS!«, brüllte einer aus voller Lunge, obwohl er kaum zwei Meter von mir entfernt saß, und sein Speichel spritzte durch das Sonnenlicht bis auf meine Schuhe.

Dort saßen sie, Schulter an Schulter, mit hängenden Lippen und Kulleraugen und entgleisten Mienen: wie eine aufgeriebene Armee, eine verrückte Revolutionsarmee, die irgendwas ändern, irgendwas stürzen, irgendwas umwälzen will, aber schon daran scheitert, sich den eigenen Namen zu merken.

Unter ihnen gab es großartige Kerle. Pepi etwa, ein dreißigjähriges Kind mit Aktentasche, der sich an einer menschenleeren Bushaltestelle so knapp neben dich stellt, dass eure Schultern sich berühren. Vor lauter Eifer, wie ein Geschäftsmann auszusehen, ist sein Gesicht ganz schief, und der Schweiß rinnt in Bächen über seine Schläfen. Oder Günther. Er steht mitten am Gehsteig und wünscht jedem Passanten einen guten Morgen. Sobald einer den Gruß erwidert, hängt er sich an ihn dran wie eine Klette und blökt endlos ... *GutenMorgenGutenMorgenGutenMorgenGutenMorgen* ... Dann war da noch ein Hüne mit Chamäleonblick. Man begegnet ihm gelegentlich in der U-Bahn. Er steht neben dir und verkneift das Gesicht, stöhnt und ächzt wie unter Schmerzen, und auf dem Höhepunkt seiner Anstrengungen bückt er sich mit gestreckten Beinen und presst einen dröhnenden Furz zwischen die Fahrgäste. Deinem angewiderten Blick begegnet er mit einem erleichterten Seufzen.

Instinktiv mochte ich sie: ihre Andersartigkeit, ihre Verwirrung, ihren Wahn. Ihr Anblick war mir ein wirksames Gegengift zu den Millionen, die als Schatten durch die Straßen glitten, ausgezehrt von einer Krankheit namens Normalität.

Als ich aus diesen Gedanken erwachte, rumpelte ich bereits unter der Erde dahin. Bei der Station Karlsplatz stieg ich aus und schlenderte über das heiße Pflaster zur Universität hin. Zu meiner Rechten folgte ein Schaufenster dem nächsten. Hinter der Scheibe eines Antiquariats lagen aufgeklappte Kunstbücher. Ich schirmte eine Hand vor die Stirn und spähte hinein. Einige Maler erkannte ich: Miró und Franz Marc und Munch. Das Glas war so schmutzig, dass Schattenflecken auf den Buchseiten lagen, aber dennoch strahlten die Farben wie radioaktive Substanzen. Am Rand entdeckte ich ein Bild von Kurt Regschek. Es lag da wie ein einsamer Traum. Ich erinnerte mich an ein Interview mit Regschek, das ich gelesen hatte, und an seine Worte über den Krieg: *Drei Wochen vorher haben wir Mathe-Schularbeit geschrieben, mit Integral und Differential, und sechs Wochen später hab ich aufgepasst, dass mir nicht die Russen in die Augen schießen ... Ich wurde insgesamt sieben Mal verwundet, Kopfschuss, Nacken, immer »rasiert«. Kopfschüsse sind sehr angenehm, denn man weiß nichts, ich weiß überhaupt nichts davon, es tut nicht weh, man ist sofort weg.*

Das nächste Schaufenster blitzte vor silbernem Stahl. Es gehörte zu einem Laden, der auf Messer spezialisiert war. Ich hatte schon öfter mit dem Gedanken gespielt, mir eine Klinge zuzulegen, aus reiner Vorsicht. Ich schmökerte ein wenig durch die Auslage. Dann drückte ich unter einem Klingeln die Tür auf. Es war düster im Laden, das Sonnenlicht rollte hinein wie ein gleißender Teppich. Die Vitrinen und Messerklingen glitzerten auf. Dann sank die Tür zurück ins Schloss, der grelle Korridor verebbte, und ich blieb am Fleck stehen, bis sich meine Augen an das Halbdunkel gewöhnt hatten. Hinter dem Tresen verdichtete sich eine schlaksige Gestalt. Es war ein Mann mit hohlen Wangen und mit Augen, schmal wie Rasierklingen, die begraben waren zwischen Haut und Falten. Er sah aus, als hätte er seit Jahren nicht mehr ruhig geschlafen.

Ich stellte mich vor ihn hin und sagte:

»Ich bin hier wegen einem Messer.«

Er lächelte verächtlich – »*Was* für ein Messer?«

»Ein preiswertes.«

Sein Lächeln streckte sich zu offenem Hohn.

»Klappmesser, Springmesser, Feststehendes ... was?«

»Hmm ... vielleicht zeigen Sie mir ein, zwei Klappmesser.«

»Und was verstehst du unter preiswert?«, fragte er.

»So um die dreißig?«

»Damit kommen wir der Sache schon näher. Mit Clip oder ohne?«

»Clip?«

»Eine Metallspange zur Befestigung am Hosenbund«, seufzte er.

»Ach so ... ohne Clip.«

»Und wo willst du das Messer dann aufbewahren?«

»Na ja ... im Rucksack«, sagte ich.

»Entschuldige bitte, aber das ist idiotisch. Das Messer trägt man immer am Mann. *Immer am Mann!* Wie willst du denn sonst dazu kommen, im Notfall? Wenn sie dir den Rucksack abgenommen haben? *Immer am Mann!*«

Er selbst trug drei Messer am Leib, für alle Fälle, und er würde mir zeigen, was er meinte. Er griff an seine Hosennaht, und plötzlich glänzte ein aufgeklapptes Messer zwischen seinen Fingern. Er legte es mir in die Hand.

»Das hier ist gut für die Stadt. Klein, unauffällig. Schnell zu ziehen. Lebenslange Garantie auf Materialschäden. Gibt's in Schwarz und in Silber. Kostet fünfzig Euro.«

Ich nickte.

Beim zweiten, einer scharf gekrümmten Klinge, die er aus einem Schulterhalfter unter seinem Hemd zog, war ich mir hingegen nicht so sicher, und als er die Hose hochkrempelte und einen armlangen Dolch aus dem Schaft seiner Cowboystiefel gleiten ließ, runzelte ich befremdet die Stirn und schüttelte den Kopf. Trotzdem fuchtelte er eine Weile damit in der Luft herum, bevor er ihn wieder einsteckte.

»Kann ich das erste noch mal sehen?«, fragte ich.

Er legte zwei ungebrauchte Exemplare vor mich hin; eines in Silber, das andere in Schwarz. Sie gefielen mir. Aber fünfzig Euro waren mehr, als ich eigentlich ausgeben wollte. Außerdem verunsicherte mich das düstere Klima in diesem Laden: der geruchlose Angstschweiß und die unhörbaren Schreie und das farblose Blut an den Wänden. Mir war bewusst, dass Messer keine Spielzeuge waren, aber es kam mir vor, als wären diese hier mit Tragik vollgesogen, als strömte in ihnen eine Schwärze, die nur darauf wartete, sich in einem Blutbad zu entfesseln.

Ich sagte, ich wolle es mir noch überlegen, worauf er mich belächelte und meinte, ich käme bestimmt wieder. Ich atmete erleichtert auf, als ich über die Türschwelle ins Freie trat.

Da rannte jemand in mich hinein. Es war eine Frau; sie blickte sich nicht um, zischelte nur erbost und trabte weiter. Die Menschen schienen es plötzlich verdammt eilig zu haben. Und als ich zum Himmel aufsah, begriff ich auch, warum. Eine Armee aus dunkelbäuchigen Wolken trieb auf die Sonne zu und löschte ihre Flammen.

Als ich beim Weltcafé ankam, flatterte mein Hemd im Wind, die ersten Tropfen fielen. Ich duckte mich unter das Vordach. Geschafft! Ich ließ mich in einen Stuhl plumpsen und streckte die Beine unter den Tisch. Ein Kellner kam, ich bestellte ein Frühstück, »ein großes, das größte, das Sie haben!«

»Was für eines denn?«, fragte er, »Es gibt ein indonesisches, ein sudanesisches, ein europäisches ...«

»Irgendeines«, sagte ich unbekümmert.

Er nickte und ging.

Ich sah ihm hinterher. Da setzte plötzlich ein ohrenbetäubendes Brausen ein. Menschen schrien. Als ich den Kopf drehte, goss es wie aus Kübeln. Die Luft war ein weißes Flimmern, die Straße eine aufgewühlte See, und Millionen Kreise explodierten darin. Ich hörte den Regen über mir auf das Vordach trommeln, sah Autos vorbeidriften und Fahrradboten fluchend durch das Unwetter strampeln. Nach einer Weile stellte der Kellner einen randvollen Teller und einen Brotkorb vor mich hin ... *Guten Appetit* ... Ich lächelte. Was für ein großartiges Gefühl, hier in einem Café zu sitzen, während ringsum die Welt ertrank. Ich knabberte eine Olive, spuckte den Kern in den Aschenbecher und brummte vor Genuss.

Kapitel IX

Es waren sorgenfreie Tage, reiche und zufriedene Sommertage, Tage wie süße Melodien aus Straßenlärm und Hundegebell und dem Klingeln von Supermarktkassen. Ein Wandeln zwischen Sonne und Regen, Kaffeedampf und Steaks und großen Gedanken, Tage, gut genug, dass ich keine Hoffnung brauchte, und keine Träume.

Am Donnerstag hatte ich Geburtstag. Ich wurde sechsundzwanzig. Ich feierte, indem ich ins Kasino ging, ein Jackett lieh und fünfzig Euro verlor.

Unter einem leuchtenden Sternenhimmel wanderte ich heimwärts. Die Nacht war kühl und klar; nichts rührte sich. Gedankenverloren bog ich um eine Ecke. Da kreiste plötzlich vor mir ein Blaulicht. Ich fuhr zusammen. Ein altes Gespenst griff mir nach dem Herz, es fehlte nicht viel und ich wäre gerannt. Aber es war keine Polizei, nur ein Krankenwagen. Ich steckte die Hände zurück in die Hosentaschen, verzog spöttisch den Mund über meine Schreckhaftigkeit und ging weiter. Das Blaulicht am Wagendach war wie ein elektrisches Auge, das blinzelnd durch die Nacht rotierte.

Etwas abseits knieten zwei Sanitäter im Kupferlicht einer Laterne. Vor ihnen am Asphalt zuckte ein Schatten. Von Weitem hielt ich es für einen angefahrenen Hund. Ich kam näher ... und machte große Augen. Es war ein alter Mann.

Sie hatten ihn auf den Rücken gerollt und seine Beine übereinandergelegt, sein Hemd zerrissen und ein wahnwitziges Gerät um seine Brust geschnallt, wie eine elektrische Schwimmweste, die im Sekundentakt seinen Brustkorb zermalmte ... *Tsch ... Tsch*

... *Tsch* ... Bei jeder Kontraktion hüpften seine Arme und Beine wie Puppenglieder. Aber sein Gesicht erbleichte.

Neugierig machte ich einen kleinen Schritt vor, dabei scharrten Kieselsteine unter meinen Sohlen. Einer der Sanitäter linste über seine Schulter, entdeckte mich und befahl:

»GEHEN SIE WEITER!«

Aber ich dachte nicht im Traum daran. Es war etwas Fremdes, Neues, das hier geschah, etwas, das ich noch nie gesehen hatte. Wie hätte ich da gehen können? Und wenn ich ein Schaulustiger war – drauf geschissen!

Das Gesicht des Alten war mittlerweile blau. Die Sanitäter drückten an der Schwimmweste herum und murmelten hektisch Worte, die ich nicht verstand. Einer von ihnen überprüfte einen Schlauch in der Nase des Alten. Da knallte sich der andere plötzlich die flache Hand auf den Oberschenkel. Die Gasse nahm den Lärm auf und warf ihn zwischen den Häusern hin und her. Sie schalteten die Schwimmweste aus, setzten sich auf den Asphalt, und keiner sagte ein Wort.

Ich stand weiter im Dunkel und starrte mit aufgerissenen Augen auf den Alten. Jetzt war er also tot. Von den Schuhen bis zum Schritt sah er aus, als hielte er nur ein Nickerchen. Seine Beine lagen übereinander, die Schnürsenkel waren sauber geknotet und die Hose hatte frische Bügelfalten. Dann aber war der Hosenknopf unverschlossen und graue Schamhaare sträubten sich heraus, sein Hemd hing zu beiden Seiten weg, und eine aschgraue Kugel wölbte sich gegen den Nachthimmel. Sein Bauch! Er war so aufgedunsen, dass sogar der Nabel sich nach außen beulte.

Mir schien, als müsste er jeden Moment platzen. Er sah grotesk aus in seiner Unförmigkeit. War das immer so bei Toten? Die Sanitäter wussten sicher Bescheid; ich versuchte, mich zu zwingen, sie danach zu fragen. Vielleicht merkten sie, dass ich sie ansah, und vielleicht drehten sie sich deshalb nach mir um:

»Stehst du noch immer da? Mach, dass du davonkommst!«
»Sein Bauch ... was ist damit ...?«
»Ist das hier ein Kino, oder was?«
»Los ...«

Sie wirkten abgekämpft und müde und reizbar. Bevor ich losmarschierte, warf ich einen letzten Blick auf das, was noch vor Minuten ein alter Mann gewesen war. Seine Augen waren geöffnet, aber leer wie Nussschalen. Dann ging ich unter den Laternen, und meine Schuhe tappten durch die Stille der Nacht. Ich wartete auf Tränen oder Gänsehaut oder irgendein Aufwallen großer Gefühle ... aber da kam nichts. Alles, was ich spürte, war dumpfe Begeisterung. Ich fühlte mich wie eine Schlange, die eine riesige Maus verdrückt hatte und nun zufrieden und erschöpft einen Winkel suchte, um sich einzurollen und den Brocken in Ruhe zu verdauen.

Eine dreiviertel Stunde später stand ich im finsteren Innenhof, die Tür schnurrte, und ich hüpfte hinauf in den zweiten Stock. Ich zwängte mich durch die Müllsäcke ins Wohnzimmer. Es war wie immer in Dunkel gehüllt: eine postapokalyptische Welt, verwüstet und von Blitzen durchrissen und beherrscht von krabbelndem Getier.

Ich sank in ein Sofa und ließ den Rucksack zu Boden fallen; da ertönte ein hohler Klang. Ich erinnerte mich an die Flasche Sekt, die ich im Kasino als Geburtstagsgeschenk bekommen hatte, fischte sie heraus und schwenkte sie in der Luft:

»Irgendwer Lust auf Sekt?«
»Klar, gib mal rüber«, sagte Jaki.

Ich reichte ihm die Flasche. Er knallte den Korken gegen die Decke und setzte sie an die Lippen.

»Wo hast du die denn geklaut?«, fragte Goran.
»Draußen auf der Straße gefunden.«

Ich schmiegte mich in die weiche Dunkelheit des Sofas und starrte apathisch auf den Fernseher. Ich war restlos ausgelaugt.

Nach einer Weile kratzte mir der Rauch in der Kehle und ich fragte in die Runde:

»Gibt es irgendwas zu trinken? Ohne Alkohol?«

»Hier!«, sagte Tom und warf mir eine kleine Flasche zu. Ein halbvoller Eistee. Ich schraubte die Verschlusskappe ab und nahm einen Schluck. Ein bitterer Nachgeschmack prickelte über meine Zunge.

Dann hörte ich sie kichern.

»Ihr Arschlöcher! Was ist in der Flasche?«, knurrte ich.

»Nichts«, prustete Tom.

Sie pressten die Lippen aufeinander, um nicht loszubrüllen. Ich sprang auf und rannte aufs Klo. Ich stieß mir zwei Finger in den Hals und würgte und spuckte trocken in die Schüssel. Aber der verdammte Schluck wollte nicht heraus! Ich rannte zurück, baute mich im Türrahmen auf und schrie:

»WAS IST IN DER VERFLUCHTEN FLASCHE?«

Sie kringelten sich nur vor Lachen. Hinter mir ging die Tür zum Schlafzimmer auf. Raffael stand in Boxershorts darin –

»Was *schreist* du denn so?«

»Die Arschlöcher haben mir irgendein Zeug zu trinken gegeben und sagen mir nicht, was es war.«

»In der Eisteeflasche?«

»Ja, verflucht.«

»Engelstrompetentee.«

»*Scheiße!*«

»Wie viel hast du denn getrunken?«

»Einen großen Schluck.«

»Na, dann wünsche ich dir eine lustige Nacht.«

Er drehte sich um und machte die Tür zu.

Die Engelstrompete ist eine beliebte Zierpflanze und gleichzeitig eines der stärksten Halluzinogene in unseren Breitengraden. Du pflückst die Blüten und kochst sie aus. Aber das Zeug ist unberechenbar. Dein Tee kann eine sanft anregende

Wirkung entfalten, genauso gut aber dein Kleinhirn in Fetzen reißen. Vor Jahren hatte ein Freund von mir zu viel erwischt. Man fand ihn drei Tage später am Bahnhof, auf einer Bank in sanftem Schneefall. Er wartete auf einen Zug nach Atlantis.

Diese verfluchten Arschlöcher! Wie ich sie dafür hasste! Aber ich konnte nichts machen; nicht einmal abhauen konnte ich! Es war gut möglich, dass ich in den nächsten Stunden Hilfe brauchen würde. Ich ballte vor Wut die Fäuste und stapfte zurück zum Sofa. Sie lachten Tränen.

Die Minuten verstrichen langsam, so unendlich langsam. Bald schon vergaß mich die Meute, und ich saß da auf einer Kiste Dynamit, starrte auf den Fernseher und knirschte vor Anspannung mit den Zähnen. Im Kopf legte ich mir Rechenaufgaben vor, um zu sehen, ob meine Zahnräder bereits entgleisten. Aber zu meinem Erstaunen löste ich auch nach einer halben Stunde noch jede Rechnung. Ich war lediglich ein wenig benommen, ein lächerlich kleines Etwas verwirrt, aber das konnte gut vom Rauch kommen. Plötzlich fiel es mir wie Schuppen von den Augen – es wirkte nicht! Vielleicht hatten sie beim Auskochen irgendwas falsch gemacht. Vielleicht hatten sie mich auch nur reingelegt. Die Hauptsache war – das Scheißzeug wirkte nicht! Diese Erkenntnis rann wie warme Milch durch meinen verkrampften Leib. Ich lächelte matt und erleichtert und sank zurück ins Sofa. All die Angst und Anspannung fielen von mir ab; ich war nur noch müde. Und ich schloss die Augen. Aber das Lächeln klebte mir weiterhin im Gesicht; und ganz so, als wollte es mich ärgern, zerrte es sich langsam hinauf zu meinen Ohren.

Ich fand das ausgesprochen unangenehm, und ich wollte auf die Toilette, um meinen Kopf in Klopapier einzuwickeln. Ich stand auf ... und schlug der Länge nach in den Müll. Das überraschte mich. Ich versuchte, auf die Beine zu kommen ... und stürzte erneut.

»Fuck!«, sagte ich, »Wir müssen Montag unbedingt das Magistrat anrufen, dass sie bei uns die Schwerkraft runterdrehen. Wie viel haben wir? Dreizehn? Da kann ja kein Schwein mehr gehen!«

Eine gewaltiger Donner rollte über mich hinweg. Ich linste verängstigt zur Decke und bedeckte meinen Kopf mit den Händen. Überall bröckelte der Verputz herab, Staub wölkte aus haarfeinen Rissen im Beton. Mit verzerrter Miene starrte ich in die Gesichter um mich herum. Sie zeigten mit den Fingern auf mich, der Donner kam aus ihren Mündern.

»Hört auf mit dem Scheiß!«, heulte ich, »Ich weiß nicht, wie viel die verdammte Decke noch aushält.«

Aber das Donnern wurde nur lauter. Die Risse dehnten sich aus, breiteten sich wie dunkle Spinnennetze über den Beton, und Sand rieselte in meinen Mund, obwohl ich ihn geschlossen hielt. Ich sprang auf, knallte wieder hin. Drehte mich auf den Rücken. Starrte hinauf. Da begann das Zimmer einzustürzen. Mauerbrocken krachten links und rechts von mir nieder, und alles erzitterte unter der Wucht ihres Aufpralls. Durch die Löcher in der Decke schien der Sternenhimmel auf mich herab. Und was ich dort sah, versetzte mir einen tödlichen Schreck. Weit oben, dort, im Sternzeichen des Großen Bären, stand der tote Mond ... und rief mich zu sich hin.

Kapitel X

In diesen Tagen war Paris in aller Munde. Es gärte in den Vorstädten; jede Nacht brannten Autos und fuhren Wasserwerfer auf und hagelten Steine auf Polizisten nieder. Ich saß in einer Maschine der *Air France*, die mit glühenden Turbinen über die Wolken jagte, in Richtung Paris.

Wie das kam?

Am späten Vormittag war ich in der Küche am Fußboden erwacht. Ich tastete mich durch die Bude wie durch ein Spiegelkabinett, rannte mit der Stirn gegen die Wohnzimmertür, torkelte zwischen den schlafenden Leibern durch, und ich war so verwirrt, dass ich nicht einmal in die Träger meines Rucksacks fand. Dann hinaus, über der Straße flimmerte die Hitze, und ich spürte, wie das Gift in dicken Tropfen aus meinen Achseln kullerte. Es roch, als schwitze ich Petroleum aus. Dann stand ich vor einer Air-France-Plakatwand, einer riesigen Boeing im Steilflug, und mir drehte sich der Magen um.

Zwei Stunden später war ich über das Schlimmste hinweg. Ich saß in einem Kaffeehaus und löffelte behutsam ein Müsli. Ich konnte den Kerlen nicht einmal böse sein. Schlimm war nur, dass der gestrige Tag in Scherben lag. Die Ausstellung, das Roulette, der sterbende Alte – alles war zerbrochen zu einem wirren Mosaik. Ein großes Erlebnis war mir verloren gegangen. Wer wusste schon, wann das nächste Mal einer vor meinen Augen verreckte?

Ich trank einen Schluck Kaffee und starrte auf die Fußgänger, die wie endlose Arbeiterkolonnen durch die pralle Sonne marschierten. Wie ging es nun weiter? Ich wollte nicht zurück in Raffaels Wohnung, zumindest für einige Tage nicht. Aber wo sollte ich hin? Ich runzelte die Stirn und grübelte. Aber ich hatte schlichtweg keine Freunde mehr in Wien ... oder sonst irgendwo. Ich verzog den Mund zu einem trotzigen Grinsen und starrte auf meine Knie. Da kam mir plötzlich das Air-France-Plakat in den Sinn, es fiel wie ein Same in meine Hoffnungslosigkeit, und ein Gedanke spross auf und erblühte zu einer wild duftenden Blume. – Ich würde nach Paris fliegen!

Ich schoss in die Höhe, saß kerzengerade da. Warum nicht? Schon seit Jahren wollte ich nach Paris. Und ich hatte noch vierhundert Euro in der Tasche; das reichte. Was bliebe mir denn in Wien anderes übrig, als ein Hotelzimmer zu nehmen? Ebenso gut konnte ich in Paris eines bezahlen.

Ich zückte mein Handy – es purzelte mir vor Aufregung beinahe aus den Fingern – und wählte die Nummer der Auskunft. »Ja? Hallo? Die Nummer von Air France, bitte! Ja, gleich durchstellen.« Eine Frauenstimme meldete sich – »Air France, guten Tag? Wie bitte? Könnten Sie etwas langsamer sprechen? Das Sonderangebot? Mhm, wann denn? Heute noch?« Leider, das wäre mindestens vier Wochen im Voraus zu buchen. Aber es gäbe die Möglichkeit ... weil so viele Passagiere wegen der Unruhen stornierten ... mal sehen ... Sie könnte mir einen Platz in einer Maschine anbieten, die um achtzehn Uhr zwölf startete. Fünfzig Euro, nur Hinflug. Ob ich interessiert wäre?

Und jetzt saß ich am Fenster, während die Wolken unter mir über die Erde rollten wie ein aufgeschäumtes Meer. In meinem Bauch kribbelte die ungestüme Vorfreude eines Kindes. Die anderen Passagiere flüsterten verängstigt und schmiedeten Horrorfantasien von Aufruhr, Brandbomben und Massenvergewaltigungen; aber mich kümmerten die Steinewerfer nicht weiter. Im Zweifelsfall zählte ich mich eher zu ihnen als zur Gegenseite.

Das Flugzeug landete in eine rote Dämmerung hinein. Der Flughafen lag etwa dreißig Kilometer außerhalb der Stadt, und ich kaufte ein Ticket für die Schnellbahn. Die Sitzbänke waren leer, bis auf zwei Frauen, die sich auf Französisch unterhielten; und während draußen Strommasten und Ziegelmauern und trostlose Wohnblöcke vorbeizogen, lauschte ich ihren Stimmen wie einem Lied.

Am Gare du Nord spuckte uns die Schnellbahn aus. Plötzlich stand ich mitten in Paris! Die Laternen setzten den Bürgersteig in Brand, unzählige Menschen wimmelten durch das elektrische Feuer. Ich wurde einfach mitgerissen, torkelte wie eine Marionette zwischen den fiebrigen Körpern, drückte Münzen in ausgestreckte Hände und umkurvte Touristenschwärme, den Boulevard de Magenta hinauf und weiter über den Boulevard de Rochechouart, vorbei an Bordellen und Bars und Neonpalästen.

Über die Köpfe hinweg erspähte ich ein kleines Hotel. Es war eigentlich kaum vorhanden, ein grauer Strich zwischen einem Stripclub und einem Theater. Selbst wenn die Zimmer über die volle Breite gingen, mussten sie winzig sein ... und billig.

Hinter der Theke lehnte ein alter Mann über seiner Zeitung. Als er meine aufgeräumte Miene sah, dehnte sich sein zerknitterter Mund zu einem Lächeln.

»I need a room«, sagte ich.

Er schüttelte den Kopf, schrieb auf einen Zettel und schob ihn mir hin: *30 €*. Ich nickte. Dann holte ich meinen Reisepass hervor und legte ihn auf die Zeitung, auf die brennenden Autos des Titelblatts. Der Mann schrieb meine Daten in ein Buch. Dann nahm er einen Schlüssel vom Brett. Ich folgte ihm das enge und gewundene Stiegenhaus hinauf in den vierten Stock. Am Ende des Korridors blieben wir vor einer Tür stehen. Er schloss auf. Es war eine winzige Kammer, von einem Doppelbett nahtlos ausgefüllt. Nur hier, bei der Tür, war ein Streifen des roten Teppichbodens zu sehen. Das Fenster war über dem Kopfende des Bettes, und wollte man ins Badezimmer, so musste man quer drüberklettern.

Der Alte brummte ein Wort auf Französisch, wiederholte es immerzu und deutete dabei den Korridor hinab. Ich begriff, dass er die Toilette meinte, und nickte. Auch er nickte lächelnd. Dann legte er mir den Schlüssel in die Hand und ging davon, und ich hörte, wie die Treppe unter seinem Gewicht ächzte. Ich schloss die Tür und stellte den Rucksack ab. Dann krabbelte ich über das Bett ins Badezimmer. Es gab eine Dusche, ein Waschbecken und einen kleinen Spiegel. Auf der Ablage stand ein Plastikbecher. Keine Seife, kein Handtuch. Ich zuckte mit den Achseln und pinkelte in das Waschbecken. Dann kletterte ich zurück aufs Bett und kniete mich auf das Kopfkissen.

Die Fensterscheibe zitterte vor Lärm, und als ich die Fingerspitzen daran legte, klackerten meine Nägel gegen das Glas. Ich öffnete das Fenster und lehnte mich hinaus. Warme Abendluft strich über mein Gesicht. Ich war weit oben, auf gleicher Höhe mit dem schwarzen Laub der Kastanien. Gegenüber waren alle Fenster dunkel, bis hinunter zum Gehsteig, wo Menschen ein und aus gingen und in roten Neonbuchstaben *Les Dreams* stand.

Der Boulevard brodelte wie der Schlund eines Vulkans.

Da draußen waren sie gegangen ... Miller, Nin, Rimbaud, Van Gogh, Picasso, Baudelaire, De Chirico, Chagall, Céline, Artaud, Hamsun, Braque, Munch, Gauguin, Degas, Villon, Strindberg, Miró, Max Ernst, Verlaine, Matisse ... Die großen Abenteurer des Geistes. Von hier waren sie in alle Himmelsrichtungen ausgeschwärmt, wie Leuchtraketen in namenloses Dunkel, getrieben einzig vom Verlangen, sich auszudrücken.

Das moderne, austauschbare Paris war mir keinen müden Furz wert. Ich sah in all dem da draußen, in jeder einzelnen Gasse, diese Wiege, diese Welt des Aufbruchs. Das war ein Mythos, natürlich. Aber was bedeutete dieses Wort schon? Das, was Realität heißt, ist auch nicht mehr als ein Mythos, auf den die Buckligen und die Blassen übereingekommen sind.

Und jetzt zugemacht das Fenster und das Treppenhaus runter, mit einem Sprung hinaus auf die Straße, durch das Getümmel und über die Seine, auf deren Wogen das Laternenlicht schwimmt wie Fetzen aus weißer Seide.

Und die Nacht verwehte meine Spuren.

Kapitel XI

Es war ein kühler Vormittag am Montparnasse. Im Morgengrauen hatten dicke Tropfen auf mein Fensterblech getrommelt, ich war im Nieselregen zur Metro gegangen. Auch jetzt noch war der Himmel grau verhangen, aber es regnete nicht mehr, und der Wind hellte den Asphalt bereits wieder auf.

Ich saß auf einer Parkbank und stocherte in einer Thunfischdose. Einige Bänke weiter spielte ein Bettler Akkordeon. Die Töne schlüpften wie kleine Vögel aus den Falten, flatterten auf zum Himmel und erstickten in den Wolken.

Ich kaute einen Bissen Thunfisch und fühlte mich prächtig. Ich war tatsächlich in Paris! Wie viel ich bereits über diese Stadt gelesen hatte, in Romanen, Briefsammlungen und Biografien … hier saß ich nun, und all diese Worte wurden lebendig, brachten die Straßen zum Glühen. Längst hatte ich beschlossen, hier zu bleiben, bis meine Kohle zur Neige ging – einfach zu leben, bis nichts mehr übrig war als der Rückflug. Danach? Ich hatte keinen blassen Schimmer … und das kümmerte mich nicht im Geringsten. Ich empfand eine solche Sorglosigkeit, dass ich eine Augenbraue wölbte und mir prüfend gegen die Schläfe tippte. Ein Sturz in letzter Zeit? Gegen eine Laterne gerannt? Kleiner Gehirnschaden? Nein? Ich lächelte und steckte mir noch eine Plastikgabel voll Thunfisch in den Mund. Dann stellte ich die Dose neben mich auf die Bank und breitete die Arme über die Lehne aus.

Ein Springbrunnen spuckte silberne Fontänen, und wenn die Musik verstummte, weil der Bettler aus seiner Weinflasche trank, hörte ich das Wasser plätschern. Hinter dem Brunnen erhoben sich Bäume, wiederum überragt vom Gebirge der Häuser. Und darüber eine schwere, graue Decke. Gedankenverloren starrte ich empor. Bis eine heulende Sirene mein Augenmerk auf die Straße lenkte. Ein Polizeiwagen raste mit zuckendem Blaulicht über die Kreuzung. Dann noch einer. Ich sah ihnen hinterher, und ich stellte mir die Jugendlichen vor, die sich in den Vorstädten auf die Nacht vorbereiteten ... Halstücher anprobierten, faustgroße Steine im Gebüsch versteckten, Fluchtwege auskundschafteten, Parolen an zerfallene Mauern schmierten.

Nach einer Weile tauchte ein weiteres Polizeiauto auf. Ohne Eile rollte es heran und umkreiste den Park wie ein Hai. In den Augen des Beifahrers loderte eine schwarze Flamme; als hätte er am liebsten seine Knarre gezogen und um sich geschossen. Er brannte bereits auf den Abend, konnte es kaum erwarten, eine Sehne zu sein in der geballten Faust des Staates.

Die Sorte kannte ich.

Ich erinnerte mich an die Ausweiskontrollen und Platzverweise in Wien, weil ich in U-Bahnstationen gebettelt hatte, und an meine erste Verhaftung, an die Prügel, die ich dabei bezogen hatte. Ich erinnerte mich an ein Fußballspiel in der Wiener Stadthalle. Wir standen zu zweit im Donnern der Chöre, es herrschte Rauchverbot, aber wir qualmten dennoch, bis ein Mann sich vor uns aufbaute und befahl, die Zigaretten auszutreten. Mein Cousin blies ihm eine Rauchwolke ins Gesicht. Der Mann hustete und knurrte und zückte einen Ausweis ... Zivilpolizei! Ein Zweiter sprang herbei, sie schnappten uns, verrenkten unsere Arme und zerrten uns durch einen Notausgang. Wir stolperten durch einen menschenleeren Korridor, der unter defekten Neonröhren flackerte ... plötzlich ließen sie uns los, etwas rammte mein Gesicht, und ich ertrank im Flimmern der Sterne. Mit einem Arschtritt flogen wir hinaus in das strömende Unwetter. Vor der Halle war eine Wiese, die im Regen schwamm. Wir rupften büschelweise Gras und rieben das Blut und die Stiefelabdrücke von unseren Gesichtern. Dann wankten wir in das nächste Lokal. Und was war das für ein Laden! Die Kellnerin räkelte sich auf der Bar, wir starrten mit geschwollenen Augen in ihr gewaltiges Dekolleté, sie wollte uns für dreißig Euro einen blasen, aber wir hatten nicht genug Geld, und wir kamen ins Gespräch mit einer düsteren Gestalt, die uns anbot, für zweihundert Euro den Wagen der Bullen abzufackeln, wenn wir das Kennzeichen notierten.

Als ich aus diesen Erinnerungen erwachte, hatte sich das Polizeiauto längst im Verkehr verloren. Ich stand auf, schnippte eine Münze in die Büchse des Bettlers und zog los. Ich schlürfte einen Kaffee im *La Rotonde*, bezahlte und flanierte über den Boulevard de Montparnasse, vorbei an dem Brunnen, *wo die Erdkugel mit warmer Schildkrötenpisse besprüht wurde und die in priapischer Raserei erstarrten Pferde wie toll galoppierten, ohne je den Boden zu berühren.*

Zwischen den Wolken brach die Sonne hervor, die Fassade des Hôtel Central blendete im Licht. Ich schirmte eine Hand vor die Augen und überlegte, reinzugehen und nach dem Zimmer zu fragen, in dem Miller und Perlès gehaust hatten, meine Hände auf den Tisch zu legen, auf dem die ersten Worte vom *Wendekreis des Krebses* zu Papier gekommen waren ... aber etwas in mir scheute zurück, und ich ließ es bleiben.

Mein Hotel lag am Montmartre, und am späten Nachmittag machte ich mich auf den Rückweg. Meine Beine waren müde, ich wollte rasten, bevor der Abend kam. Es war gerade Ladenschluss. Der Gehsteig war voller Licht und Leben. Fußgänger drängten durcheinander, Metallgitter rasselten vor Schaufenster, und alte Männer rollten Postkartenständer zurück in ihre Läden.

In diesem Gewimmel kam plötzlich ein Mann auf mich zu. Er winkte und grüßte lebhaft ... *Bonjour!* ... und plapperte im selben Atemzug drauflos. Er war einen halben Kopf kleiner als ich und trug einen glänzenden Trainingsanzug, der beim Gehen zischelte; ich war sicher, ihn noch niemals gesehen zu haben. Ich drehte die Handflächen nach oben und stammelte:

»Je ... ne ... parle ... français.«

Das schien ihn aber nicht weiter zu stören. Er ging neben mir her, und die Worte schwärmten aus seinem Mund wie betrunkene Bienen. Ich runzelte misstrauisch die Stirn. Wollte er mir was andrehen? Dann aber schwieg er unversehens. Er starrte auf meine schreitenden Beine. Ich hinkte leicht, weil meine Füße in den alten Schuhen wundgelaufen waren. Er deutete hinab, schlug die Hände über dem Kopf zusammen und erhob ein winselndes Gejammer.

Da war mir alles klar. Der Kerl war schlichtweg plemplem. Das stimmte mich milde, und ich begann zu lächeln und seinen Monolog nickend abzusegnen. Ich wollte ihm gerne eine Freude machen. Mir kam der Gedanke, ihm etwas zu geben. Ein paar Münzen, für Eis oder Kaffee. Ich griff nach hinten an meine Hosentasche ... da stießen meine Finger plötzlich gegen etwas. Ich glaubte, einen anderen Passanten gestreift zu haben, schaute über meine Schulter zurück und murmelte *Excusez moi* ... Ein kleiner Mann zog seinen Arm ein, machte kehrt und preschte davon. Ich schaute ihm verwirrt hinterher. Dann dämmerte es mir. Ich rammte meine Hand in die Hosentasche. Sie war leer. Völlig leer! Alles Geld war weg!

Ich wirbelte herum ... Aber auch der Mann im Trainingsanzug hatte sich in Luft aufgelöst. Von wegen plemplem! Er hatte mich bloß abgelenkt, während der andere ... Diese miesen Arschlöcher! Ich griff erneut in die Arschtasche meiner Hose; aber das Bündel Scheine war nicht mehr da.

Ich sank auf die Treppen einer Kirche nieder. Ich stand wieder auf und tastete noch einmal alle Winkel der Hosentasche aus, zu verblüfft, um zu kapieren, wie unsinnig das war. Dann setzte ich mich wieder hin. Und begriff, dass ich pleite war. Ein schwarzes Loch tat sich in meinem Bauch auf. Verflucht, eben noch hatte ich einen Packen Scheine in der Tasche, ein abgesicherter Monat, und jetzt ... nein, so durfte ich nicht denken! Ich spürte die Sonne auf meinem Gesicht, schloss die Augen, wandte mich der grellen Hitze zu und atmete tief durch. Ich hörte die Stadtgeräusche und französischen Stimmen und von fern die schlichte Orgelmelodie eines Karussells ... eine Viertelstunde lang badete ich in der Sonne und lauschte der Stadt, und als ich die Augen wieder öffnete, war ich wieder ganz ich selbst.

Über vierhundert Euro waren weg, ja ... aber was soll's. Scheiß drauf! Wichtig war, wie es nun weiterging. Zum Glück war ich erst eine Nacht hier; das Hotel kostete erst dreißig Euro. Der Rückflug fünfzig bis siebzig. Also brauchte ich nur einen Hunderter, um zurück nach Wien zu kommen.

Das schien mir eine machbare Aufgabe, und ich begann sofort, verschiedene Möglichkeiten zu erwägen. Ich könnte in den Straßen betteln; das hatte ich früher schon getan, und ich hatte keine Skrupel, wieder damit anzufangen. Aber selbst wenn ich alle Boulevards rauf und runter abgraste, brächte ich kaum mehr als die täglichen Hotelkosten zusammen. Nein, es musste schneller gehen.

In meinem Schädel brauste es, ein anderer Einfall blitzte hervor – die österreichische Botschaft! Aber dann schmunzelte ich bei der Vorstellung, wie ich an den Schreibtisch eines würdevollen Mannes trat, der mit knochigen Fingern seine rot-weiß-rote Krawatte glatt strich ... Ja, vorbestraft, stimmt ... Jugendsünde, Sie verstehen? ... Arbeit? Nein, zurzeit nicht ... Wo ich in Wien wohne? Tja, nun, das ist so eine Sache ... Aber verstehen Sie, ich brauche sofort hundert Euro!

Ich kicherte vor mich hin. Dann legte ich den Kopf in den Nacken. Oben, am blauen Himmel, trieb ein Schwarm Krähen dahin. Der schnellste und einfachste Weg wäre, das Geld zu pumpen. Aber wer lieh mir hundert Euro? Von den Typen in Raffaels Wohnung brauchte ich mir jedenfalls nichts zu erhoffen ...

Da überfiel mich plötzlich ein verwegener Gedanke ... Iris. Wir kannten uns kaum, aber sie musste etwas in mir gesehen haben, sonst hätte sie mir nicht ihre Nummer gegeben. Ich rief ihr Bild in mir wach: die lagunenfarbenen Augen und dieser seltsame Mund, der stets zu einem verschmitzten Lächeln verzerrt war. Irgendwie hatte ich das Gefühl, sie würde mir vertrauen. Und weil ich wusste, dass mein Mut mit jeder verstreichenden Sekunde schmelzen würde, wählte ich kurzerhand ihre Nummer.

Aber als es dann läutete, wölkten Zweifel in mir auf, und mein Herz schlug gegen die Brust wie ein Stahlkolben. Dann machte es *Klick*, und Musik und Menschenlärm brandeten gegen mein Ohr, das irritierte mich noch weiter. Aus irgendeinem Grund hatte ich erwartet, sie alleine zu erwischen.

»Hallo?«, fragte eine weibliche Stimme.

»Iris?«

»Ja?«

»Hey ... Hier ist Philipp ... ich weiß nicht, ob du dich erinnerst ...«

»Wer?«

»Der Reporter aus dem Zug.«

»Ah ... Hallo! Schön, dass du anrufst.«

Ihre Stimme klang ehrlich erfreut. Ich fasste Mut und wollte mit allem herausrücken; aber die Worte klammerten sich an meine Zunge.

»Wie war's in Frankfurt?«, fragte sie.

»Ähm ... gut ... Und dein Wochenende in Amsterdam?«

»Eine tolle Zeit!«

Jetzt oder nie – raus damit!

»Hör zu, Iris ... um ganz ehrlich zu sein ... ich rufe an, weil ich in der Patsche sitze.«

»Was hast du gesagt? Warte mal, ich muss wohin, wo es ruhiger ist.«

Aber der Augenblick war vorbei. Die Worte waren schon wieder in mich hineingekrochen, tief runter in die Eingeweide, und ich wusste, ich würde sie nicht mehr herausbringen. Am anderen Ende der Leitung dröhnte das Fest, dumpfe Bässe, Grußworte und Gejohle, und ich wollte nur noch auflegen.

»So ... hier am Balkon ist es leiser«, sagte sie dann, »Hast du gesagt, du sitzt in der Patsche?«

»Nein ... ich meinte ...«, ich grübelte hektisch nach einem Wort, das wie *Patsche* klang, fand aber keines, »ich meinte ... ich wollte mich einfach mal melden und fragen, ob du Lust hast, mal was trinken zu gehen. Aber bei dir ist es gerade nicht so günstig, wie ich höre. Der Lärm und so. Ich rufe dich wieder an. Einen schönen Abend noch!«

»Warte ...«

Ich legte auf. Mann, das war aber gründlich in die Hose gegangen. Ich lehnte mich zurück, mit den Ellbogen auf die warmen Steinstufen, und begann wiederum, Auswege aus meiner Lage zu suchen. Da vibrierte plötzlich das Handy in meiner Faust, und kurz darauf trällerte es los. Ich blätterte meine Finger auf – *Unbekannte Nummer*. Ich zögerte ein paar Sekunden. Dann hob ich ab:

»Ja?«

»*Du Blödmann!*«, lachte Iris, »Jetzt sag schon, was los ist!«

Ich lächelte entwaffnet. Umständlich begann ich zu erzählen: dass ich in Paris war und blank, und wie sich alles zugetragen hatte. Und dass es niemanden gab, den ich sonst fragen konnte.

»Aber ... hast du keine Freunde?«, fragte sie.

»Nein«, sagte ich wahrheitsgemäß.

»Entschuldigung ...«, meinte sie nach einer kurzen Pause, »Das ist mir rausgerutscht ... ich wollte nicht ...«

»Ach was ...«

»Wie viel brauchst du denn?«

»Einen Hunderter.«

»Das ist alles?«, fragte sie überrascht.

»Ja. Dreißig für eine Nacht im Hotel, siebzig für den Rückflug.«

»Aber ... hättest du dann nicht schon am Vormittag aus dem Hotel draußen sein müssen? Werden dir nicht zwei Nächte berechnet, wenn du erst am Abend auscheckst?«

»*Scheiße!*«, entfuhr es mir.

Für einen Moment herrschte Stille; dann sagte Iris:

»Ich kann dir hundertdreißig borgen. Ich brauche sie nur bis Ende des nächsten Monats zurück.«

»Damit hilfst du mir wirklich aus der Klemme«, seufzte ich, »Bis Ende des Monats ist überhaupt kein Problem. Ich kann dir die Kohle spätestens in zwei Wochen zurückgeben. Vielleicht auch schon früher.«

»Kennst du Western Union?«, fragte sie.

Eine Stunde später steckte das Geld hinter meiner Gürtelschnalle, und ich marschierte raschen Schrittes zu meinem Hotel. Mir war aufgefallen, dass ich beim Überschlagen der Kosten vieles nicht bedacht hatte: das S-Bahnticket zum Flughafen etwa, oder die Lebensnotwendigkeit von Nahrung. Darum wollte ich versuchen, den Alten zu erweichen, ein Auge zuzudrücken, und mir trotz des angebrochenen Tages nur eine Nacht zu berechnen. Auf meiner Zunge lag eine Geschichte von einer sterbenden Mutter bereit, die ich mit Händen und Füßen und nassen Augen vortragen wollte. Wenn es nicht klappte, nun, dann würde ich eben bis morgen bleiben und weitersehen.

Der Boulevard räkelte sich in der warmen Abendsonne. Die Tür des Hotels stand offen, und ich schlüpfte an einem Mädchen vorbei, das es gerade verließ. Ich ging durch den Korridor zur Rezeption. Dort lag eine aufgeschlagene Zeitung. Es roch nach Zigarrenqualm. Aber keine Spur vom Alten. Ich tippte auf die goldene Klingel, vorsichtig, um ihn nicht zu verärgern. Der Ton schrillte hoch und verlor sich im Gebälk. Aber nichts geschah.

Da fiel mein Blick plötzlich auf das Buch – das Buch mit den Gästedaten! Dort lag es, gleich hinter dem Tresen, zwischen Zeitung und Telefon. Ich konnte die Augen nicht davon abwenden. Ein Gedanke wallte heiß in mir auf ...

Blitzschnell streckte ich mich danach und hob es auf die Theke. In meinen Ohren rauschte das Blut. Ich blätterte zur letzten beschriebenen Seite. Da waren mein Name, Geburtsdatum und Ausweisnummer. Mit einer Hand klemmte ich das Buch am Tresen fest, mit der anderen trennte ich die Seite heraus, meine Finger zitterten. Ich stopfte das Blatt in die Hosentasche. Dann schlug ich das Buch zu und legte es zurück an seinen Platz.

Wenige Sekunden waren erst vergangen, ich hatte keine Zeit gehabt, zu begreifen; jetzt aber entbrannte die Welt lichterloh. Ich sprang durch die Flammen hinauf in mein Zimmer und umfasste den Türknauf wie ein glühendes Kohlestück. Der Rucksack war schnell gepackt, im Laufschritt zurück durch den brennenden Korridor, ein Türschloss knarrte und ich zuckte zusammen, die Stufen krachten unter meinen Schritten, und als ich endlich unten war, fuhr mir ein Eisstrahl durch die Brust. Ich spürte, wie ich erbleichte. Der Alte ... er war zurück an seinem Platz ... er fasste mich ins Auge ... und lächelte ... *Bonjour!* ... Ich zerrte die Mundwinkel nach oben ... und ging an ihm vorbei.

Zwei Gassen weiter verschwanden weiße Fetzen und ein glänzender Schlüssel im Schlund eines Kanals. Ich zog das Geld hinter dem Gürtel hervor und blätterte durch die Scheine. Mann, was für ein Glück! Für einen Moment spielte ich mit dem Gedanken, ein anderes Zimmer zu suchen und noch eine Nacht zu bleiben. Aber der Alte rief bestimmt die Polizei, die wiederum meine Personenbeschreibung an andere Hotels aussenden könnte. Gut möglich, dass die Bullen andere Sorgen hatten und auf solchen Kleinkram schissen, aber ich wollte es nicht darauf ankommen lassen.

In der späten Dämmerung kam ich am Gare du Nord an. Die Schalter waren bereits geschlossen. Ich durchquerte die menschenleere Halle und irrte auf der Suche nach einem Fahrkartenautomaten durch die Gänge. Ich hielt meinen Blick gesenkt, aber aus den Augenwinkeln sah ich Gruppen von Schwarzen herumlungern und mich abschätzen, sah ich vernarbte Junkies und rostbraune Blutflecken, die sich über den Boden streuten.

Als ich dann am Bahnsteig saß und auf den Zug zum Flughafen wartete, bohrten sich immer wieder Blicke in mein Gesicht. Ich verschränkte die Arme vor der Brust und verschanzte mich hinter einer harten, unnahbaren Miene, aber meine Nackenhaare sträubten sich vor all der Feindseligkeit hier. Was für eine beschissene Gegend!

Endlich rumpelte der Zug ein. Die Waggons waren alt und schäbig: Der Lack blätterte ab, darunter verliefen Schweißnähte wie alte Narben. Als ich einstieg, schmatzten meine Schuhsohlen auf dem klebrigen Boden. Alle Sitzplätze waren belegt. Ich griff nach einer Schlaufe. Ich hatte gehofft, im Zug andere Touristen vorzufinden, und dass die Lage sich entspannen würde, aber hier waren die gleichen Raubtiere wie am Bahnhof, nur mehr davon. Was zur Hölle wollten die alle am Flughafen?

Wir donnerten nach Norden, und je weiter wir uns vom Stadtkern entfernten, desto unbehaglicher wurde mir zumute. Ich wusste nicht, was sie gegen mich hatten, aber etwas schwelte hier im Waggon, braute sich zusammen wie eine düstere Spirale, die mich langsam einkreiste. Ein paar Jungs starrten mich nun völlig unverhohlen an. Mir blieb keine Wahl, als mich abzuwenden und hinaus in die rasende Nacht zu blicken. Laternen zischten vorbei wie Funken. In der Ferne erhoben sich rechtwinkelige Berge aus Lichtern.

Dann bremste der Zug und blieb stehen. Ein Bahnsteig. Die Tür klappte auf, zwei Männer stiegen ein. Ich sah sie verwirrt an. Wir sollten doch erst beim Flughafen halten! Rechts von mir hing ein Fahrplan, ich studierte ihn nervös, und meine Augen wurden groß. Ich war im falschen Zug! Dieser hier fuhr zwar auch zum Flughafen, aber nicht geradewegs; er klapperte davor ein Dutzend Stationen in den Vorstädten ab.

Der Zug rollte wieder an. Im Fenster sah ich mein Spiegelbild, mit viel zu viel Weiß in den Augen und mit bleichen Lippen, die stumm die Minuten zum Flughafen abzählten. Drei Stationen lang ging alles gut. Dann schmetterte plötzlich eine höhnische Stimme durch den Waggon. Augenblicklich verstummten alle Gespräche. Ich drehte mich nicht um; aber in der Scheibe sah ich einen schwarzen Jugendlichen, der breitbeinig in seinem Sitz lehnte und herausfordernd das Kinn reckte. Seine Kumpels grinsten. Die Angst in meinem Bauch explodierte zu Panik. Der Zug rumpelte ... *barram* ... *barram* ... *barram* ... Der Junge sprach mich erneut an, diesmal schärfer. Der Waggon war wie mit Gas gefüllt, und es war nur eine Frage der Zeit, bis seine Worte einen Funken erzeugten ...

Auf einmal hielt der Zug. Ich riss die Tür auf und hastete hinaus. In meinen Ohren dröhnte das Blut, ich hörte wie von fern, dass hinter mir ein Tumult ausbrach. Ich stolperte eine Treppe hinab, mein Schatten lief mir voraus, und er war nicht allein ... dann sprintete ich los, meine Schuhe knallten auf den Asphalt, schleuderten mich über einen ausgestorbenen Parkplatz, der im Mondschein glänzte wie ein gefrorener See. Hundert Meter voraus sah ich eine Ampel leuchten; da musste eine Straße sein. Ich warf einen flüchtigen Blick über meine Schulter. Fünf oder sechs Kerle waren mir auf den Fersen. Ich holte alles aus mir heraus, mein Atem raste, und dann erreichte ich die Straße, aber nirgendwo war ein rettendes Auto zu sehen. Ich schwenkte ein und sprintete die Fahrbahn entlang. Dort vorne, plötzlich, bog ein Taxi um die Ecke, kam mir entgegen. Ich taumelte mit ausgebreiteten Armen vor die Motorhaube, riss die Beifahrertür auf, fiel hinein und keuchte:

»*Fahr los!*«

Der Fahrer blickte mich verwundert an.

»FAHR, DRIVE, GO, DU ARSCHLOCH!«, brüllte ich.

Da entdeckte er die heranrasende Bande. Er drückte auf den Taxameter, rote Zahlen leuchteten auf, dann warf er den Gang ein, machte eine quietschende Kehrtwendung und brauste davon.

Am Flughafen rollte ich mich auf einer Metallbank zusammen und bettete meinen Kopf auf dem Rucksack. Draußen, in der Nacht, stieg eine riesige Maschine brausend auf. Und obwohl ich schweißdurchtränkt war und am ganzen Leib zitterte, obwohl mir der Taxifahrer vierzig Euro abgeknöpft und Paris mich keineswegs zärtlich behandelt hatte, war mein letzter Gedanke, bevor ich in der Müdigkeit ertrank: Was für eine wunderbare Stadt!

Kapitel XII

Jeden Morgen schwammen die Straßen im Nebel, und einmal mehr wanderte ich mit leeren Taschen umher, bis abends die Sonne am Horizont verglühte. Stundenlang saß ich dann auf Parkbänken und sah hoch zu den Mücken, die in endlosen Schleifen um die Laternen kreisten.

In der ersten Nacht kroch ich im Stadtpark unter einen Busch. Ein beißender Uringestank benetzte meine Kehle, worauf ich das Gestrüpp wechselte, aber dort war es noch schlimmer, und schon früh am nächsten Morgen pochte ich gegen Raffaels Wohnungstür und teilte ihm mit, dass ich verdammt noch mal duschen müsse. Er ließ einen fahren und klopfte mir auf die Schulter. Die anderen lachten, als sie mich sahen. Alles war wieder beim Alten.

Ein wunderschöner Nachmittag auf der Lerchenfelder Straße. Hoch droben wiegten schwere Äste im Wind, die Blätter tanzten auf ihren Zweigen und die Luft summte vor Bienen und Käfern. Eine Straßenbahn glitt lautlos an mir vorbei.

Ich war guter Dinge. Der Sommer ging mir ins Blut wie ein Lied; überdies hatte Raffael mir heute morgen überraschend die zwanzig Euro zurückgegeben, und ich hatte mir in einem japanischen Restaurant den Bauch vollgeschlagen.

Ich schlenderte die Straße entlang und summte leise vor mich hin, bis neben dem Gehsteig eine gewaltige Kirche aufragte. Sie ähnelte eher einer Festung als einem Gotteshaus. Vor ihrem Tor erhoben sich Kastanienbäume, deren Stämme ich nicht mit Armen hätte umspannen können, und selbst sie verblassten gegen die Wucht der Türme.

Ich ließ meinen Blick an der Kirche aufsteigen; und vielleicht lag es an ihrer Bauweise, vielleicht auch daran, dass in ihren Ziegeln noch Keime des alten Machthungers lebendig waren; jedenfalls kamen mir die Kreuzzüge in den Sinn, und ich sah sie als eiserne Schlangen, die sich quer durch Europa ins Morgenland wälzten. Ich stellte mir die goldgelben Sandsteinstädte vor, Jerusalem und Tripolis und Antiochia, und das Sprachengewirr und Klirren von Rüstungen in der endlosen Hitze. Dann hatte ich plötzlich das geschleifte Akkon vor Augen, geborstene Wälle und angespitzte Pfähle, zerlumpte Bettler und Pilger, die durch den heißen Wüstenstaub schlichen.

Neben mir hielt eine Straßenbahn. Ohne weiter nachzudenken sprang ich hinein. Rumpelnd trug sie mich davon, aus der schattigen Häuserschlucht unter den weiten Himmel des ersten Bezirks.

Ich stieg aus und spazierte an den Reiterstatuen des Heldenplatzes vorbei, durch das Michaelertor zum Stephansplatz. Das Kopfsteinpflaster war überschwemmt mit Touristen. Mittendrin hatten sich Straßenkünstler kleine Inseln erkämpft, wo sie jonglierten und turnten, wo der Schweiß tropfte und alte Geigen die Sonne anjaulten. Manchmal spielte ich mit dem Gedanken, mich ihnen einzureihen. Besonders, wenn ich ihre Münzbecher rasseln hörte. Aber ich hatte kein Talent feilzubieten. Ich konnte weder Saltos schlagen noch wie ein Vogel zwitschern. Und Schattenboxen war keine allgemein anerkannte Kunstform.

Vom Stephansplatz ging's auf die Kärntner Straße, diese Nobelmeile, und ich pflügte wie ein Wal durch den Parfümdunst, trank die Stadt in mich ein und blies sie in Fontänen auf zum Himmel.

Dann kam ich zur Staatsoper und ging weiter den Opernring hinauf, wo der Asphalt unter tausend Reifen bebte.

Weiter vorne erblickte ich das Museumsquartier. Dabei kam mir in den Sinn, dass ich schon Wochen in keiner Ausstellung mehr gewesen war. Ich ging hinein, setzte mich auf die Kante des Brunnens und dachte nach. Vielleicht sollte ich ins Leopold Museum gehen? Der Eintritt würde den Rest meiner Kohle verschlingen ... aber andererseits befand ich mich in genau der richtigen Stimmung, beseelt und sorgenfrei und empfänglich.

Nahebei war ein Café. Im Schatten der Sonnenschirme plauderten Menschen, schepperten mit ihren Tassen und schoben sich gehäufte Gabeln in den Mund. Meine Augen pendelten unschlüssig zwischen Café und Museum hin und her. Schließlich war es der Trotz, der den Ausschlag gab, mein Widerwille gegen die Menge, und ich stand auf, erklomm die Stufen zum Museum und drückte mich durch die Schwingtür. Ein kühler Strom rann über meine sonnenheiße Haut. Hinter dem Schalter stand eine alte Frau mit grauem Haar. Sie goss gerade Wasser in eine Vase mit weißen Rosen. Ich blieb stehen, bis sie fertig war, dann trat ich heran:

»Einmal Student, bitte.«

»Dürfte ich Ihren Ausweis sehen?«

»Ah ... den habe ich heute auf der Uni-Bibliothek liegen lassen.«

Sie zögerte.

»Was studieren Sie denn?«

»Völkerkunde. Fünftes Semester«, sagte ich aufs Geratewohl.

»Na gut ... Aber das nächste Mal, bitte ...«

»Natürlich. Danke.«

»Das macht dann sechs Euro fünfzig.«

Ich kramte mein Geld heraus und zählte die Summe ab – »Hier, bitte.«

»Perfekt. Viel Vergnügen.«

Beim Informationsschalter wurde mir eine Broschüre angeboten, als Wegweiser durch die vielen Stockwerke und Schauräume. Ich lächelte und machte eine ablehnende Handbewegung. Ich kannte meinen Weg bereits – an den Aufzügen vorbei, dann nach links, quer durch die Marmorhalle, schnurstracks zu Schiele.

Das Tageslicht flutete in sanften Wellen herein. Es war völlig still; ich hörte nichts als meinen Atem und den Holzboden, der unter mir knarrte. An allen Wänden leuchteten Gemälde. Und schon beim ersten Rundblick spürte ich meine Pupillen sich weiten, und eine sonderbare Wärme erglomm in meiner Magengrube. Ich erinnere mich nicht mehr, in welcher Reihenfolge die Bilder hingen, aber ich weiß noch, dass ich vor das erste hintrat und schaute und schaute und vergaß zu atmen. Und dass ich alle Wände abging, von Bild zu Bild, und immer wieder dachte: Mann, wie großartig ist dieses hier!

Nach einer Stunde wankte ich aus dem Museum. Ich war eine einzige helle Flamme. Durch meine Adern strömte reines Licht. Benommen blieb ich oben an der Treppe stehen; der Wind rauschte durch das Café und wehte Stimmen zu mir herauf ... *Café Magoo ... her budget is my budget ... siebzehn Zoll Plasmabildschirm* ... Die Worte schwirrten mir wie Hornissen ins Ohr und stachen dort zu, wo es am hellsten war.

Mit gerunzelter Stirn wartete ich an der nächsten Kreuzung, bis die Ampel umsprang. Es war Büroschluss, die Straßen waren verstopft. Mit jedem vorbeikriechenden Auto schwand der Rest an Begeisterung, den ich noch in mir trug. Diese Leute! Mit bleichen Fingerknöcheln umkrallten sie ihre Lenkräder, gefangen in Vierzigstundenjobs und ausgelaugten Ehen und Kreditrückzahlungen. Aus ihren runtergekurbelten Fenstern drangen Werbesprüche, klebrige Melodien von Pophits, Ansagen von Nachrichtensprechern. Es war wie ein trauriger Begräbniszug, in dem sie sich selbst zu Grabe trugen. Eine Prozession aus Stahl, die sich vorwärts plagte, ohne erkennbaren Anfang und Ende, Dutzende, Hunderte Menschen, die durch die karge Wüste der Gegenwart einer Zukunft entgegenzogen, die niemals kommen würde. Tausende Gesichter, erschöpft, ausgezehrt, abgetragen bis auf den blanken Knochen. Eine ganze Stadt, unter den Meeresspiegel gesunken, Millionen, die täglich aufs Neue aufstanden und aufs Neue ertranken ...

Kapitel XIII

Immer neue Menschen kamen in den Warteraum. Sie tappten durch Schweigen. Auf langen Reihen von Plastiksitzen kauerten Gestalten und ließen ihre Köpfe hängen; falls ein Angestellter des Arbeitsamtes hier durchkam, wollten sie betrübt aussehen, zermalmt unter der Last der Untätigkeit. Ich wusste, das war Theater, denn ich saß zwischen ihnen, und ihre Rolle war die meine.

Eine Anzeige an der Wand sprang um. Von 346 auf 347. Ein Mann stemmte sich an seinem Gehstock hoch und humpelte auf die Tür los. Ich sah auf den Zettel in meiner Hand – 363.

Ich schnaubte. Über eine Stunde wartete ich bereits. Dabei hasste ich Ämter und Bürokratie. Aber ich hatte meinen Grund, hier zu sein: Er war blond und verschmitzt und verwaschen von der Erinnerung. Dachte ich an die Zugfahrt zurück, so war ich nicht mehr sicher, ob sich ein Ring um ihren Nasenflügel geschmiegt hatte, und ob ihre Brüste tatsächlich wie Wackelpudding geschlottert hatten. Aber ich erinnerte mich lebhaft an ihr schiefes Lächeln und an ihre Stimme am Telefon, und wie sie mir in Paris aus der Klemme geholfen hatte – ich war entschlossen, meine Schulden zu begleichen. Hundertdreißig Euro konnte ich aber nicht aus dem Ärmel schütteln. Eine Woche lang spazierte ich umher und wartete auf ein Wunder. Heute morgen dann trieb mich die Ratlosigkeit zum Sozialamt. Aber ich war schon zu oft dort gewesen, hatte schon allzu oft meine Hand aufgehalten. Meine Akte war dick wie ein Weltatlas, und nach kurzem Blättern durchschaute der Mann, dass ich Penner aus Passion war. Er knallte die Akte zu und wies mich darauf hin, dass eine Meldung beim Arbeitsamt grundsätzliche Voraussetzung sei. Wenn ich mich ernsthaft um Arbeit bemühte, könnte man vielleicht über eine finanzielle Aushilfe sprechen ... *vielleicht*.

Tja, und hier saß ich nun.

Die Anzeige kroch schleppend aufwärts ... 348 ... 349 ... Als sie 360 erreichte, war eine weitere Stunde verstrichen. Ich starrte leer an die Decke, mein Gehirn war eine versandete Wüste. Nach einer Ewigkeit kam die 363. Ich stand ächzend auf, streckte meine Arme, schüttelte den Kopf um aufzuwachen und trat mit einem vorsichtigen Klopfen durch die Tür.

Ich fand mich einem Berg von Mensch gegenüber. Seine Wampe war gewaltig, als hätte man einen Gymnastikball zwischen ihn und den Schreibtisch gerollt und wie ein Polohemd bemalt. Er musste die Hände durchstrecken, um die Tastatur zu erreichen, und es schien mir ein Wunder, dass es ihm mit diesen Fingern gelang, einzelne Buchstaben zu erwischen. Ansonsten gab er eine durchschnittliche Erscheinung ab: goldbraune Haare, nach hinten gekämmt, randlose Brille. Zu seiner Rechten brummte leise eine Stereoanlage. Netter Kerl, dachte ich.

»Nehmen Sie Platz«, bestimmte er, ohne vom Computer aufzusehen.

Ich setzte mich.

»Ihre Nummer bitte.«

Ich hielt ihm den Zettel hin. Er starrte weiterhin auf den Bildschirm und machte keine Anstalten, den Zettel zu nehmen. Ich legte ihn auf die Tischplatte. Jetzt erkannte ich auch die Musik – es waren *Rammstein*, die irgendwelche schwachsinnigen Verse grunzten. Ich wartete unsicher und mit demütiger Miene, dass etwas geschah ... aber der Dicke beachtete mich nicht mehr. Er klapperte auf der Tastatur, und wenn er nicht Rauch aus seiner Zigarette lutschte, grunzte es in seiner Kehle leise zur Musik.

Er ignorierte mich so vollständig, dass ich nach einer Weile meine Brust und Beine abtastete, um mich zu vergewissern, dass ich auch tatsächlich da war. Er dämpfte die Zigarette aus, zündete eine neue an und hängte sie in den Aschenbecher, und erst, als auch diese zur Hälfte runtergebrannt war, rückte er vom Bildschirm ab und musterte mich durch die Gläser seiner Brille hindurch.

»Also ... Bitte?«
»Ich möchte mich arbeitslos melden«, sagte ich.
»Waren Sie schon einmal bei uns?«
»Ja. Aber das ist länger her.«
»In den letzten sechs Monaten?«
»Nein.«
»Dann bitte Name, Geburtsdatum, Sozialversicherungsnummer, höchste abgeschlossene Ausbildung, Berufserfahrung ...«
»Ähm ...«
»Ja?«
»Was war das erste noch mal?«
»Ihr Name«, raunte er.

Wir hangelten uns Frage für Frage weiter. Als er an seinen Fingern abzählte, wie viele Jahre meine letzte Anstellung zurücklag, fiel er aus allen Wolken. Zuerst wollte er mir nicht glauben, fragte nach: *Wie lange* sind Sie schon arbeitslos? Dann legte er die Hände über seinem Bauch zusammen und betrachtete mich nachdenklich – mit derartigen Löchern im Lebenslauf hätte ich keinen guten Stand am Arbeitsmarkt, nein, bestimmt nicht. Mit anderen Worten: Ich wäre kaum vermittelbar.

»Oje«, heuchelte ich.
»Nein, da muss etwas geschehen«, sagte er, und der plötzliche Eifer in seiner Stimme ließ mich Unerfreuliches ahnen, »Ich werde Sie bei einer Kursmaßnahme anmelden. Das wird Ihre Qualifikation erhöhen und den Wiedereinstieg ins Arbeitsleben erleichtern.«

»Kurs? Was denn für einen Kurs?«, fragte ich entgeistert.
»Seien Sie Montag, sieben Uhr, bei dieser Adresse. Dort erfahren Sie alles Weitere. Und seien Sie pünktlich.«
»Aber ich brauche doch bloß ...«
»Einen schönen Tag noch.«

Kapitel XIV

Es war ein kühler und trüber Morgen. Ein Himmel voller Nacht und Sterne, im Osten die Morgenröte, langsam fahrende Autos, ein Geruch nach Tau und kalten Abgasen, und Nebel hing über der Welt wie schläfriger Atem.

Die Hände in den Hosentaschen schlurfte ich auf dem Gehweg entlang. Mir fröstelte, und ich presste die Ellbogen an den Körper und das Kinn auf die Brust – bis ich auf Armeslänge vor einem Hochhaus stand. Senkrecht ragte es in den Himmel; die obersten Fenster waren nicht mehr als silberne Striche.

Neben der Eingangstür hingen bronzefarbene Schilder der hier ansässigen Firmen. Sie verschwammen unter schimmerndem Tau. Mit müden Augen ging ich sie durch. An vorletzter Stelle fand ich, was ich suchte: *Job Coaching Institut*. Dasselbe stand auf dem Blatt, das mir der Dicke am Arbeitsamt in die Hand gedrückt hatte.

Eine Stimme hinter mir sagte *Entschuldigung*, und ich drehte mich flüchtig um und machte den Eingang frei. Es war ein Mann mit Krawatte und Aktentasche. Er zog mit seiner freien Hand die Tür auf, lächelte und nickte einladend mit dem Kopf. Ich war eine halbe Stunde zu früh und hätte es vielleicht vorgezogen, mir noch eine Zeit lang den Arsch abzufrieren, aber irgendwie gefiel mir diese Geste, ich murmelte ein *Danke* und schob mich hinein. In der Eingangshalle überholte er mich und rief den Aufzug, und als es klingelte und die Tür aufging, ließ er mir wieder den Vortritt.

»Welcher Stock?«, fragte er.

Ich sah auf die Liste neben den Knöpfen – »Vierter.«

»Das JCI?«, fragte er.
»Bitte?«
»Das Job Coaching Institut?«
»Ja.«
Schweigend fuhren wir aufwärts. Mein Stock kam zuerst.
»Einen schönen Tag!«, wünschte er.
Es war seltsam, denn seine Worte klangen zu fröhlich, um nur Phrase zu sein. Ich blickte in seine Augen. Sie lächelten. Gut möglich, dass dieses sonnige Gemüt die Arbeitsmaske eines gelernten Verkäufers war, aber dennoch erhellte es mir für Augenblicke das Grau des Morgens.
»Ihnen auch«, sagte ich.
Dann rutschte der Aufzug zu, und ich hörte, wie er durch die Stockwerke davonsummte.

Das vierte Geschoss beherbergte zwei Firmen. Zu meiner Linken konnte ich durch eine Glastür in die noch verschlafenen Büroräume einer Immobilienverwaltung sehen. Rechts von mir war eine Doppeltür mit den unheilvollen Buchstaben darauf – JCI. Darunter prangte ein Handschlag auf grünem Grund. Da war sie, die Höhle des Löwen. Was mich darin wohl erwartete? Ich hatte noch immer keinen blassen Schimmer, worum es in diesem Kurs eigentlich ging. Und wenn ich es recht bedachte, hatte ich auch keine große Lust, es herauszufinden ...

Los, sprach ich mir Mut zu, kneif die Arschbacken zusammen und rein mit dir. Du musst ja nicht lange durchhalten. Ein paar Tage, höchstens. Sobald du auf dem Sozialamt abkassiert hast, kannst du den Kurs wieder hinschmeißen!

Dennoch rebellierte alles in mir, als ich auf die Tür zuhielt. Plötzlich bekam ich Harndrang, kalter Schweiß brach aus, und meine Zehen krümmten sich meuternd in den Schuhen. Ich packte die Klinke ... atmete tief ein ... und öffnete den Türflügel.

Ein Empfangsraum mit hellen Ledermöbeln tat sich auf. Wärme schlug mir entgegen, ich trat ein und rieb mir die Gänsehaut von den Armen, meine Schuhe versanken im Teppichboden. Es roch nach frisch gebrühtem Kaffee und leise nach Parfüm. Hinter der Rezeption tänzelte eine Frau umher, dunkelhäutig und sehr schön. Für eine Löwenhöhle schien es ziemlich gemütlich.

»Guten Morgen«, sang es hinter der Rezeption.
»Morgen«, sagte ich und ging hin.
»Erster Tag?«, fragte sie mit einem Schmunzeln.
»Ja. Wieso?«
»Ich glaube, so früh war noch nie jemand hier.«
»Ist es denn so früh? In einer halben Stunde geht's los, oder?«
»Eher in einer vollen Stunde.«
»Hm? Auf dem Zettel steht sieben Uhr.«
»Ja, aber nur, damit um acht auch sicher alle hier sind. Wenn acht als Beginn angegeben wäre, müssten wir bis neun warten. Kann ich Ihr Blatt haben?«

Ich gab es ihr.

»O.k. ... Ihr Name ist abgehakt. Wie gesagt, wir beginnen so gegen acht. In Raum sechsundvierzig. Der ist dort vorne, den Gang runter, dann rechts, die vierte oder fünfte Tür.«

»Sagen Sie, worum geht's in diesem Kurs eigentlich?«, fragte ich.

Sie lächelte – »In der Begrüßungsrede werden Sie alles erfahren.«

»Na gut«, sagte ich unwillig, »Danke.«
»Gerne.«

Der Kursraum erinnerte mich unangenehm an ein Klassenzimmer. Ich ging quer durch zu einem der Fenster. Draußen wurde es allmählich Tag. Aus einem brennenden Horizont tauchte die Sonne, ihre Strahlen senkten sich auf die Stadt, und wenn ich die Augen zusammenkniff, konnte ich die Schattenlinie langsam über die Häuser wandern sehen.

Die Uhr an der Wand zeigte zehn nach halb sieben. Eine gute Stunde galt es zu überbrücken. Ich wählte den äußersten

Platz in der letzten Reihe, setzte mich und legte ein Bein über. Eine Weile saß ich nur da, eingehüllt von tauber Stille, und sah hinaus in den erwachenden Morgen. Dann griff ich nach meinem Rucksack und fischte ein Buch heraus. Ich blätterte es auf und ließ mich zwischen die Zeilen sinken. Ich war so fern, dass ich das Knarren der Stühle und die anschwellenden Gespräche kaum wahrnahm und zusammenfuhr, als eine herrische Stimme durch den Raum bellte:

»GUTEN TAG!«

Ein junger Mann hatte sich vorne aufgebaut. Er sah aus, als könnte man seinen Krawattenknoten vermessen, ohne die geringste Unregelmäßigkeit zu finden.

»Ich bitte um Ruhe! Ruhe, bitte! Mein Name ist Reinhold Zuber, und ich darf Sie im Namen des Job Coaching Instituts, oder kurz JCI, herzlich willkommen heißen. Zuerst gehen wir eine Anwesenheitsliste durch. Wenn Sie Ihren Namen hören, dann heben Sie bitte die Hand und sagen laut und deutlich JA ... Huber?«

»Ja.«

»Krcek?«

»Ja.«

»Sommer? ... Harald Sommer? ... Nicht hier? ... Weissner?«

»Hier.«

»Kern? ... Ist Christoph Kern im Raum?«

»Die waren schlauer als wir«, sagte einer.

»Gumpesch? ... Herr Friedrich Gumpesch? ... Auch nicht?«

Ich blickte mich um. Eine Menge Stühle waren frei, in jeder Reihe gab es Löcher. Viele waren offenbar einfach zu Hause geblieben. Zuber ging die Liste zweimal durch, dann fuhr er fort:

»Ruhe bitte! Ich weise Sie darauf hin, dass die Teilnahme an unserer Kursmaßnahme *verpflichtend* ist. Wir erstatten täglich Meldung an das Arbeitsamt. Wenn Sie fernbleiben, werden Ihre Bezüge gesperrt. So viel dazu. Da Sie die nächsten acht Wochen hier verbringen werden, interessiert es Sie vielleicht, etwas über unser Unternehmen zu erfahren. Wir sind einer der führenden Kursanbieter im deutschsprachigen Raum. Wir haben dreizehn Niederlassungen in Deutschland und Österreich. Die Zentrale ist in Innsbruck, worauf ich als Tiroler natürlich ganz besonders stolz bin. Bei erfolgreicher Absolvierung erhalten Sie ein Zertifikat. Es geht in der Wirtschaft mittlerweile nicht mehr nur um fachliche, sondern auch um soziale Kompetenz, und schon deswegen ist dieses Zertifikat von Nutzen. Damit können Sie zeigen, dass Sie soziale Kompetenz erlernt haben. Denn das werden Sie hier unter anderem lernen. Aber das vorrangige Ziel ist nicht, Ihnen etwas beizubringen, sondern Sie *aktiv* am Arbeitsmarkt zu vermitteln.«

Ich rutsche auf meinem Sessel hin und her. Mann, hier war ich aber völlig falsch.

»Arbeitslosigkeit ist wie eine Sackgasse. Nun, wir werden gemeinsam mit Ihnen Wege aus dieser Sackgasse erarbeiten. Und wir werden Sie bei den ersten Schritten unterstützen. Einige von Ihnen haben vielleicht Schwierigkeiten mit der Selbstorganisation. In diesem Fall bieten wir Ihnen an, dass unsere Trainer Sie täglich von Ihrer Wohnung abholen und hierherbringen. Außerdem besteht die Möglichkeit, dass wir Sie zu Bewerbungsgesprächen begleiten, und, falls es nötig ist, dort auch das Wort führen.«

»Wechseln die auch Windeln?«, scherzte mein Sitznachbar.

»Ich weise Sie darauf hin, dass wir Vorgaben vom Arbeitsamt haben, die wir erfüllen müssen. Mindestens dreißig Prozent müssen in diesen acht Wochen vermittelt werden!«

»Es sind ja nicht mal dreißig Prozent hier«, murmelte einer.

»Von den Anwesenden«, sagte Zuber, »Aber wir sind nicht umsonst unter den Spitzenreitern in unserer Branche. Natürlich wollen wir diese Quote übertreffen. Ich sage voraus, dass mindestens sechzig Prozent von Ihnen in diesen acht Wochen an eine Arbeitsstelle vermittelt werden.«

Ein Stöhnen ging durch die Reihen.
»Wir werden Sie nun in Gruppen einteilen. Bitte merken Sie sich, zu welcher Gruppe Sie gehören, und gehen Sie unverzüglich in den Raum, der Ihrer Gruppe zugewiesen wird ...«

Meine Gruppe war sechsköpfig. Mit verschränkten Armen saßen wir um einen runden Tisch, der das Kämmerchen beinahe ausfüllte. Schweigend betrachteten wir eine Fliege, die über die Tischplatte krabbelte und immer wieder aufsummte.

Nach zehn Minuten stapfte eine dicke Frau herein. Um ihre Schultern lag ein besticktes Tuch. Sie legte eine rote Mappe auf den Tisch. Dann nahm sie uns in Augenschein, und ihr Lächeln sprach von unendlicher Selbstzufriedenheit, wie eine altgediente Volksschullehrerin, die einer neuen Rotte von ahnungslosen Nasenbohrern den rechten Weg zu weisen hatte. Sie war mir nicht einmal unsympathisch. Nach der Rede hatte ich nichts anderes erwartet.

»Einen wunderschönen guten Morgen, meine Herren!«, sagte sie, »Ich bin Ihre Trainerin, Frau Keller. Aber warum denn solche Gesichter? Ich sage Ihnen etwas, wir fangen ganz gemütlich an. Zuerst wollen wir uns ein wenig kennenlernen. Ich möchte gerne, dass Sie Namensschilder anfertigen und vor sich auf den Tisch stellen. Ich mache das auch, sehen Sie? Und dann möchte ich, dass sich jeder von Ihnen in ein paar Sätzen vorstellt. Wer möchte zuerst? Niemand? Nun, dann werde ich anfangen. Also ... mein Name ist Ludmilla Keller, und ich wurde vor zweiundvierzig Jahren in der Slowakei geboren. Mein Vater war ...«

Ich hing schläfrig in meinem Stuhl und blinzelte nach der Uhr an der Wand. Zwanzig Minuten nach acht. Ich seufzte leise. Endlos sprach die Trainerin über sich selbst, walzte ihr staubtrockenes Leben lang und breit und feierlich vor uns aus. Dann nickte sie dem Mann zu, der ihr am nächsten saß. Er stellte sich als Markus vor. Markus war fünfunddreißig und Grafiker. Und

Grafiker zu sein war schwer, wenn man auf einem Auge blind und überdies Klaustrophobiker war.

»Ich habe ganze Firmen in den Sand gesetzt, weil ich in so einem Scheißbüro eingesperrt war.«

»Und hier halten Sie es aus?«, fragte die Trainerin.

Er knirschte mit den Zähnen. Während alle Augen auf ihm ruhten, wühlte ich heimlich nach meinem Notizbuch. Ich ahnte, dass ich ein Festmahl aufgetischt bekam. Sein Sitznachbar hieß Mustafa. Er hatte sein Leben lang auf dem Bau gearbeitet. Das jahrelange Schleppen von Stahlträgern hatte die Nervenstränge in seiner Schulter zerquetscht. Jetzt schlief seine linke Körperhälfte regelmäßig ein. Eine Operation wäre möglich, laut Chirurgen aber mit hohem Risiko verbunden. Schon ein haarfeiner Schnitzer könnte ihn für immer halbseitig lähmen.

Die Trainerin zog eine nachdenkliche Miene – »Verstehe ich Sie richtig, mit der rechten Hand können Sie aber arbeiten?«

Neben mir saß ein Gnom mit Schnauzbart und flackernden Augen. Als er mitbekam, wie ich mein Notizbuch unter dem Tisch hastig mit Aufzeichnungen füllte, lehnte er sich herüber, und mir würgte von seinem Wurstatem, als er flüsterte:

»Mannomann, du zeichnest viele Buchstaben! Oje, sind's nicht langsam genug? Mannomann, noch mehr?«

Sein Name war Peter. Letzte Woche war ihm der Führerschein entzogen worden, weil befürchtet wurde, er könnte das Auto als Waffe verwenden.

Dann waren da noch ein ehemaliger Manager, der die Rücklagen des Unternehmens am Roulettetisch verpulvert hatte, wovon weder der Aufsichtsrat noch die Justizbehörden sonderlich begeistert gewesen waren, ein abgewrackter Tauchlehrer, der suaheli, italienisch, griechisch, arabisch und englisch sprach und im Lagerraum seiner Stammkneipe wohnte, sowie ein bleicher, ausgemergelter Kerl, der reglos dasaß und keinen Mucks von sich gab, sich hinter seinem Schweigen verschanzte.

Sie waren Gescheiterte, Verrückte, Bombenleger mit nassem Dynamit. Sie waren Nullen, so wie ich. Schadhafte Roboter, die begonnen hatten, sich auf dem Schrottplatz heimisch zu fühlen. Keiner von ihnen wollte je wieder das Schrillen eines Weckers hören. Schon in der ersten Zigarettenpause empörten sie sich über das Verbot des Organhandels. Sie redeten darüber, ihre Lebern zu verkaufen, ihre Nieren, wollten eher ausgeschlachtet werden, als zurück ans Fließband zu müssen.

Sie spuckten aus, wenn sie die Trainerin nur erwähnten. Sie war der Feind, der Ingenieur, der die defekten Produktionseinheiten wieder ins große Getriebe einzupassen hatte, sei es als Blinklicht oder Türstopper oder Fußmatte, um das Bruttosozialprodukt um eine mikroskopische Nachkommastelle zu steigern, und um den unwiderlegbaren Beweis zu führen, dass es keine Hoffnung gab, dass ausnahmslos jeder zu schuften hatte bis ins Grab.

Den ganzen Vormittag lang füllten wir stupide Fragebögen aus. Dann kam die Mittagspause, und anschließend wechselten wir in einen großen Raum voller Computer. Wir sollten das Internet nach Arbeitsstellen durchforsten.

Ich hatte mich kaum gesetzt, als ich eine Hand auf meiner Schulter spürte. Es war die Trainerin. Sie legte den Kopf schief und betrachtete mich wie ein ungezogenes Kind.

»Was denn?«, fragte ich.

»Wissen Sie, was ich am ersten Tag immer mache? Ich schlage alle Namen im Internet nach. Warum haben Sie denn nicht erwähnt, dass Sie *ein Buch* geschrieben haben?«

»Das bin ich nicht. Das muss ein Zufall sein. Ich habe nie auch nur ein Wort geschrieben«, antwortete ich seelenruhig und wandte mich zum Bildschirm, um die Sache im Keim zu ersticken.

»Aber ich habe Ihr *Foto* gesehen. Warum diese Bescheidenheit? Seien Sie stolz auf das, was Sie erreicht haben. Fabelhaft, dass Sie einen Fuß in die literarische Welt gesetzt haben.«

»Ich habe meinen Fuß überhaupt nirgends reingesetzt.«

»Wieso sind Sie so unsicher? Das ist ganz untypisch für einen Löwen. Das passt eher zu Waage. Sie müssen einen starken Aszendenten haben.«

Ich merkte, wie heiße Lava in mir aufbrodelte, und dass ich dabei war, die Beherrschung zu verlieren. Die Trainerin rutschte ungerührt einen Stuhl heran, setzte sich und fuhr fort:

»Wissen Sie, was ich mir überlegt habe? Mit Ihrer Erfahrung könnten Sie Werbetexte verfassen. Auch Sekretär würde sich anbieten. Oder wie wäre es als Korrektor bei einer Zeitung? Sie können sich glücklich schätzen, ein Talent zu haben, das Ihnen so viele Wege eröffnet. Vielleicht sollten wir gleich daran gehen, ein Bewerbungsschreiben zu verfassen, das Sie dann nach Bedarf abändern können. Ich habe mir das etwa so vorgestellt ...«

Plötzlich krachte und schepperte es. Am anderen Ende des Raumes hämmerte Peter wie ein wildgewordener Affe auf die Tastatur ein. Seine Fäuste waren zu klein, um Schaden anzurichten, aber es machte einen Höllenlärm, und die Trainerin sprang hoch und trabte zu ihm hin:

»Aber Herr Forster. *Herr Forster!* Beruhigen Sie sich! Was ist denn?«

»DIESES SCHEISSDING!«, brüllte er.

»Aber Herr *Forster*!«

Ich stand auf und murmelte etwas von ... *muss mal* ... in das Durcheinander. Dann stahl ich mich hinaus. Ich ging den Gang entlang und drückte die Toilettentür auf. Für einen Moment verharrte ich still, spähte über die blanken Fliesen und lauschte. Niemand zu hören. Ich trat hinein, stützte mich auf ein Waschbecken und musterte mein Gesicht im Spiegel. Dieser bläuliche Schimmer unter den Augen, dieser harte Mund ... War das wirklich ich? Wo war meine Heiterkeit geblieben? Wo meine unerschütterliche Zuversicht?

Ziellos und unwillig ging ich zwischen den Pissoirs und Kabinen auf und ab. Mir graute davor, zurückzukehren. Nach einem Dutzend Längen fühlte ich mich erschöpft und ausgebrannt, und ich kam vor einem der Fenster zum Stehen. Unter mir breitete sich Wien aus, diese verworrene Häuserlandschaft, wie eine umgestürzte und in tausend Bruchstücke geborstene Statue. Was da unten in diesem Moment alles vor sich ging ...

Plötzlich machte es *Klick* in meinem Kopf – scheiße, ich war hier ja nicht eingesperrt. Ich konnte jederzeit abhauen! Diese Erkenntnis flutete durch meine Stirn wie warmes Licht. Ich ging zum Spiegel und sah, dass ich lächelte. Fünf Stunden lang war mit einer Pinzette an mir gezerrt worden – höchste Zeit, dass ich mich losriss und zurück in mein Leben wühlte.

Auf spitzen Zehen schlich ich am Computerraum vorbei in das Kämmerchen, wo mein Rucksack stand, und wieder zurück, durch eine Rauchwolke, in der eine Handvoll rauer Stimmen schimpfte, und als die Schönheit an der Rezeption meine Absicht durchschaut hatte und ihre Lippen zu meinem Namen formte, federte ich bereits wie eine Gazelle das Treppenhaus hinab.

Kapitel XV

Ich fand eine Lösung für meine Schulden. Ich nahm mir vor, nicht mehr daran zu denken. Es gefiel mir nicht gerade, Iris um ihr Geld zu bescheißen, aber was sollte ich machen? Meine Bemühungen waren im Sand verlaufen ...

Dann kam der Mittwoch, der heißeste Tag des Jahres. Die Luft war glühend und zäh; man schluckte sie eher, als dass man sie atmete. Ich lag im Schönbrunner Schlosspark unter einer Eiche, brutzelte im Halbschatten, hörte die Vögel zwitschern und dachte und träumte und dämmerte vor mich hin.

Da schrillte mein Handy. Die Vögel legten die Köpfe schief. Aurel war dran. Er sprach mir seinen Dank für den Artikel aus. Ich brauchte kurz, um zu begreifen, dass er die Einleitung meinte, die ich zum Interview geschrieben hatte. Ich hatte ihm einen Lorbeerkranz auf die Schläfen gesetzt. Ob das tatsächlich meine Sicht sei oder ob ich übertrieben hätte, damit es sich besser las? Nein, sagte ich wahrheitsgemäß, ich hätte aus dem Bauch geschrieben, wie ich es empfand. Danke jedenfalls, sagte er, es tue gut, so etwas über sich zu lesen. Dann fragte er:

»Hast du einen Führerschein?«

»Ja.«

»Hast du dieses Wochenende Zeit?«

»Ja.«

»Weißt du, wie man Schlagpolster hält?«

»Ja?«

»O.k., das war dreimal Ja, du bist engagiert.«

Ich lachte – »Wofür denn?«

Kommenden Samstag kämpfte er in Prag. Aber er selbst besaß keinen Führerschein, und sein Fahrer war gestern krank geworden. Er hatte überlegt, mit dem Zug zu fahren, aber ohne Betreuer durfte er nicht antreten – die Regeln schrieben vor, dass jemand in der Ringecke zu stehen hatte, um im Notfall das Handtuch zu werfen.

»Hast du Bock?«, fragte er, »Ich habe mit dem Veranstalter gesprochen, er würde dich als Reporter reinnehmen.«

»Wie viel springt dabei heraus?«, fragte ich.

»Zweihundert. Mehr war nicht drin. Wenn es zu wenig ist, gebe ich dir noch was von meiner Gage ab.«

»Nein, zweihundert sind o.k.«, sagte ich.

»Also abgemacht?«

»Yeah! Aber wegen der Karre ...«

»Die besorge ich!«, sagte er.

Wir verabredeten uns für Freitagnachmittag. Von Wien nach Prag sind es über dreihundert Kilometer, und bei solchen Distanzen erweist es sich als ratsam, am Vortag anzureisen. Die stundenlange Fahrt zernagt unweigerlich die Knochen. In Prag war ein Hotelzimmer für uns reserviert.

Als ich zur verabredeten Zeit aus der Straßenbahn stieg, erwartete mich Aurel bereits am Gehsteig. Er trug ein schwarzes Unterhemd und eine knielange Militärhose, die Tätowierungen zogen sich wie ein Schatten über seinen wuchtigen Körper. Die Passanten duckten sich an ihm vorbei. Wir schüttelten einander die Hände und klopften uns auf die Schultern wie alte Freunde.

»Na?«, fragte er lächelnd und rüttelte an meiner Schulter, »Bereit für den Krieg?«

Ich grinste.

Nahebei stand der Wagen. Er kauerte im Rinnstein wie ein halbtotes Maultier, zerfressen vom Rost wie von einer unheilbaren Krankheit. Ich mochte ihn auf Anhieb. Dennoch hielt ich es für angebracht, Aurel darauf hinzuweisen, dass diese Kiste möglicherweise beim ersten Schlagloch auseinanderbrach.

»Dann lassen wir sie am Straßenrand stehen«, sagte er.

Er ging um den Wagen und stieg ein. Die Stoßdämpfer wimmerten. Ich machte die Fahrertür auf und schwang mich hinein. Ich rutschte den Sitz zurück und fummelte an den Spiegeln herum. Der Zündschlüssel steckte. Ich drehte ihn. Hustend sprang der Motor an, ließ Winde fahren, und sein Kolbenschlag schepperte durch die Armaturen, dass die Tachonadel auf und ab hüpfte.

Nebenan war ein Basketballplatz. Ein paar Jungs, die eben noch Körbe geworfen hatten, drehten sich nach dem Lärm um, bevor sie im Seitenspiegel zu Strichen schrumpften.

Dann waren wir unterwegs, mit heruntergekurbelten Fenstern auf der Landstraße, der Fahrtwind toste, Mücken zerplatzten lautlos auf der Windschutzscheibe. Freudig atmete ich den Straßenstaub. Mann, wie ich es liebte, unterwegs zu sein! Aurel ging es wohl ebenso. Er lehnte in seinem Sitz, den Ellbogen im Fenster, seine harten Augen waren milder geworden und streiften über die blühende Landschaft.

Bei Sonnenuntergang entdeckten wir eine Autostopperin. Wir nahmen sie mit und trugen sie in die Nacht hinein, sie war todesmutig genug für unsere Schrottkiste, ich plauderte mit ihr, suchte ihre Mandelaugen im Rückspiegel und träumte davon, sie auf einer Raststätte zu vögeln ... bis sie in einem Grenzdorf plötzlich *Hier* und *Danke* sagte und ausstieg und davonging. Ihr quälend köstlicher Hintern verlor sich hinter einer Straßenecke.

Aurel war sichtlich amüsiert.

»Was ist?«, fragte ich.

»Du lachst viel.«

»Haha. Stört dich das?«

»Nein. Das ist gut.«

»Wie geht's eigentlich deiner Hand?«

Er öffnete und schloss die Faust – »Das geht schon.«

Wir passierten die Grenze ... *Willkommen in Tschechien* ... und weiter ging's über eine Autobahn. Irgendwann glitten unsere Scheinwerfer über ein grünes Schild mit einer Zapfsäule.

»Da vorn ist eine Tankstelle. Sollen wir eine Rast machen?«, schlug ich vor.

»Ich brauche keine. Aber wenn du verschnaufen willst, dann los. Du fährst schon eine Weile.«

»Ich könnte bis zum Morgengrauen durchfahren«, rollte es von meiner Zunge, »so aufgekratzt bin ich. Ist das nicht großartig? Durch die Nacht zu brausen, in ein fremdes Land, zu so einem Abenteuer?«

Er grinste – »Ja. Das hat schon was.«

Die Worte strömten weiter, und als wir Brno hinter uns ließen wie eine Leuchtboje im Ozean der Nacht, wusste ich bereits eine Menge über ihn. Ich wusste, dass er an Wochenenden als Türsteher arbeitete, dass er Frau und Kind hatte und dass er der härteste Kerl war, dem ich je begegnet war. Jeder hat einen Punkt, an dem er bricht, jeder. Und ich besitze einen guten Riecher für den Sprung im Panzer. Bei Aurel aber prallte ich gegen Diamant. Er erweckte den Eindruck, als könnte er unbeschadet durch die Hölle ziehen. Wäre er im antiken Griechenland geboren, er hätte ein Held sein können, ein zweiter Theseus oder Herakles vielleicht, und die Ungeheuerlichkeit seiner Taten würde auf Tempelfriesen die Zeitalter überdauern.

»Das bisschen Kämpfen ist mir eigentlich zu wenig«, sagte er einmal, »Ich will etwas Einzigartiges, Außergewöhnliches. Manchmal träume ich, dass eine Kreatur und ich im Wald aufeinander zustürmen. Ist das seltsam? Vielleicht. Aber ich kann es vor mir sehen, dieses Ding mit Krallen und Zähnen und ich mit bloßen Händen. Diese archaische Gewalt ...«

Wir fuhren und fuhren, immer weiter durch die Nacht, und die weißen Fahrbahnlinien tropften an uns vorbei. Bald glomm in weiter Ferne der Nachthimmel auf. Eine Stadt, die gegen die Wolkendecke strahlte. Prag.

»Zu welchem Lied marschierst du eigentlich ein?«, fragte ich.

»Kennst du *Bonehouse*?«

»Nein. Gut?«

»Warte, ich geb's rein.«

Ringsum wuchsen Häuser auf, Reklametafeln zogen vorbei, wir tauchten aus der Dunkelheit in helle und belebte Straßen. Das Lied füllte donnernd und schmetternd unseren Wagen, die raue Stimme, zu der Aurel morgen durch die Ringseile steigen würde, hinein ins Auge des Wirbelsturms. Eine Textzeile prägte sich mir unauslöschlich ein – weil ich sah, wie Aurel bei ihr die Fäuste ballte, und auch mir ein Schauder über den Rücken lief –, die Worte: *I realize in my anarchic dreams, I am the one who as a boy I dreamt to be.*

Kapitel XVI

Eins, zwei!«, sagte ich ... BAMBAM ...
»Eins, zwei, Haken!« ... BAMBAM ... BAM ...
»Jab!« ... Bam ...
»Jab, Gerade!« ... Bam ... BAM ...
»Eins, zwei, abtauchen, Uppercut!« ... BAMBAM ... BAM ...
»Knie!« ... BAM ...
»O.k. Das reicht«, schnaubte Aurel, »Danke, Mann!«

Mit geschlossenen Augen atmete er tief durch. Seine Stirn glänzte vor Schweiß. Er schlug verdammt hart; als ich die Schlagpolster abschnallte, waren meine Unterarme geschwollen und meine Finger zitterten. Ich schüttelte sie ärgerlich. Durch die Mauern dröhnte der Tumult des Publikums.

Ich trug die Schlagpolster durch die Kabine und packte sie zurück in Aurels Sporttasche. Da hörte ich Bässe wummern. Musik! Das hieß, ein neuer Kampf begann. Der letzte vor Aurel. Jetzt kam es darauf an; er konnte in zehn Sekunden entschieden sein, ebenso gut aber über die volle Distanz gehen. Ich setzte mich auf eine Holzbank und sah rüber zu Aurel. Er ging in der Kabine auf und ab und lockerte seine Arme. Immer wieder schloss er die Augen und fletschte die Zähne.

»Du bist der Nächste«, sagte ich.

Er nickte stumm.

Alles in allem machte er einen guten Eindruck. Ich hatte schon viel gesehen über die Jahre. Ich hatte Leichenblässe gesehen und Erbrechen und Wimmern, hatte Ohnmachtsanfälle erlebt und Männer, die unter dem Druck zusammenbrachen und sich klammheimlich aus dem Staub machten. Aurel dagegen wirkte angespannt, aber entschlossen. Seine Augen funkelten.

Ich versuchte mir vorzustellen, was in ihm vorging ... Eine hämmernde Flamme im Schädel, Elektrizität in den Nerven, eine Überdosis Adrenalin in den Adern, und ein Herz, das versucht, die Rippen einzutreten. Jede Minute brennt lichterloh, heller und verzehrender als tausend Sonnen. Ich verstand, warum er kämpfte, erkannte die Größe darin. Dennoch war ich verdammt froh, nicht in seiner Haut zu stecken.

Plötzlich bebte ein Aufschrei durch die Wände. Ich fuhr hoch – es hatte einen K.O. gegeben! Es war so weit! Die Tür schlug auf, ein Mann steckte den Kopf herein, sprach Worte, die wir nicht verstanden, und verschwand wieder.

Ich schnappte das Handtuch und die Wasserflasche. Aurel kam her und legte mir eine Hand auf die Schulter – »Wirf das Handtuch nicht. Egal, was passiert. Wirf es einfach nicht.«

»O.k.«, sagte ich, »Alles Gute!«

Er knurrte, schob sich den Mundschutz zwischen die Zähne und ging voraus. Ich folgte ihm durch die Gänge, die Musik wurde lauter und lauter, es war Bonehouse, und dann standen wir hinter einem schwarzen Vorhang, sahen durch einen Spalt das tobende Publikum, das im Zwielicht zu einem aufgewühlten Meer verschwamm.

Ein Mann nickte. Wir gingen los. Die Scheinwerfer schwenkten auf uns, und ich spürte ihre Hitze auf meiner Haut, der Ringsprecher brüllte ... AUREL MAHLER ... dann drifteten die Lichter auseinander wie smaragdblaue Gletscher und legten einen Steg frei, an dem die Wellen hochschlugen, eine Brücke zu diesem Fels im Meer, diesem viereckigen Niemandsland.

Dann standen wir im Ring, Aurel schlug die Fäuste vor der Brust aneinander, auch der Gegner war da, gegenüber in der Ecke, und ihre Blicke bissen sich aneinander fest. Der andere hatte eine Granitfresse und grobschlächtige Knochen, und er sah verdammt groß aus für ein Mittelgewicht. Der Kampfrichter forderte mich auf, den Ring zu verlassen. Ich duckte mich durch die Seile. Dann rief er die Kämpfer in die Mitte, sagte etwas wie *I want a clean fight*, schickte sie zurück in ihre Ecken und schrie:

»*Are you ready?*«

Aurel nickte.

»*Are you ready?*«

Der Gegner nickte.

»*Fight!*«

Und es ging los ... ein Zusammenprall, aufbrechende Erde, ein Bersten und Brüllen und Beben; die ganze Welt stürzte auf diesen sechsunddreißig Quadratmetern in sich zusammen und schuf sich neu. In meiner Brust wallte es heiß und kalt, und ich merkte, wie sich mein Kiefer verkrampfte, und dass ich die Zähne schon lange aufeinandergebissen haben musste.

Der Rundengong.

Ich rutschte den Hocker hinein und stieg durch die Seile. Aurel sank darauf nieder. Gegen Ende der Runde war ein harter Kick in seine Seite geschmettert; eine blutrote Strieme kreuzte seine Rippen. Ich stellte mich davor, verdeckte sie mit meinem Körper, ehe die andere Ecke davon Wind bekam. Aurel sagte nichts, aber ich sah, wie er hechelte; eine Rippe war gebrochen und lag wie ein Nadelkissen in seiner Brust.

»Bekommst du genug Luft?«

Er nickte, ohne eine Miene zu verziehen. Dann läutete der Gong, weiter ging's, und das Meer ringsum wütete. Aurel fraß zwei Schläge, dann aber tauchte er unter einem Haken durch, zog blitzschnell die Faust nach oben, und durch allen Lärm hörte ich das Klatschen, als sie in des anderen Kiefer einschlug.

Kapitel XVII

Um vier oder fünf Uhr morgens stand ich im dunklen Innenhof und läutete. Zum Glück feierte Raffael in dieser Nacht Geburtstag. Die ganze Meute hatte zusammengelegt auf Whiskey und Speed. Die Haustür schnurrte in Rekordzeit. Oben an der Treppe stand Raffael mit Kugelaugen, schloss mich in die Arme und blubberte:

»Bumm, zack, rauf einen Liter ... Fick das Walross ... Hahaha!«

»Na klar«, sagte ich, »Warum nicht?«

Durch den Dämmer meines Schlafes hallten immer wieder Ausbrüche ihres Wahnsinns. Als ich mittags aufwachte, schnarchten sie. Aber die Aschenbecher waren noch warm, und aus manchen kräuselten zarte Rauchfäden auf.

Ein neuer Tag! Die Taschen voller Geld, den Kopf voller Einfälle, es durchzubringen. Sollte ich wirklich meine Schulden begleichen? Ich lag auf dem Sofa und kaute auf dieser Frage herum, kaute und kaute, bis ich nichts mehr schmeckte und verstört war und mir wie ein Idiot vorkam. Worüber machte ich so ein Aufheben? Es ging doch bloß um ein paar beschissene Scheine. Und um mir meine Verachtung für den schnöden Mammon zu beweisen, pflückte ich einen Fünfziger von der Geldrolle, riss ein Blatt aus meinem Notizbuch und schlug den Schein darin ein. Anschließend kritzelte ich *happy birthday* darauf. Ich schlich ins Schlafzimmer und versteckte das Briefchen in Raffaels Hose, die unweit der Tür auf dem Boden lag.

Als ich rauskam, fühlte ich mich sauber und überlegen. Ich nahm mein Handy zur Hand und rief Iris an ... »He, wie geht's, ja, mich auch, was, das Summen, ach nichts, rate mal, ich habe dein Geld, wollen wir uns treffen?

Wir verabredeten uns für den Abend.

Die Tür des Lokals stand offen; Rauch und Stimmen dampften heraus. Unwillig ging ich davor auf und ab. Es war eine dieser angesagten Kneipen in der Innenstadt. Mir wurde schlecht, wenn ich nur reinschaute. Aber irgendwo da drin wartete Iris. Vielleicht sah sie gerade auf die Uhr und wunderte sich, wo ich blieb. Na, komm schon! Ich schnaubte und setzte einen Fuß hinein. Von der Tür aus spähte ich nach lichtblonden Haaren. Da war sie! Sie saß ganz hinten, ein wenig abseits, an einem der mannshohen Fenster, und sah hinaus.

Ich pflügte durch den Tumult zu ihrem Tisch. Sie war völlig versunken; als ich eine Hand auf ihre Schulter legte und *Hey* sagte, zuckte sie zusammen. Dann aber blühte ihr Gesicht im Erkennen auf, sie schnurrte ein *Hallo*, und ich dachte: Das könnte ein guter Abend werden. Sie streckte sich über den Tisch und hob ihre Handtasche vom Stuhl.

»Zum Freihalten«, sagte sie.

»Danke«, sagte ich und setzte mich, »Wartest du schon lange?«

»Nein. Noch nicht lange.«

»Hier ... bevor ich es vergesse ... das Geld. Vielen Dank noch mal, dass du mir aus der Klemme geholfen hast.«

»Gern geschehen«, sagte sie.

Ich ließ durchblicken, dass ich die Bar beschissen fand, und ob wir nicht woanders hingehen wollten? Aber sie war abgebrannt, Ebbe am Konto, rückständige Miete und unbezahlte Rechnungen, und hier trank sie umsonst, weil der Kellner ein Freund war. Ein Freund? Ich bräuchte mir nichts zu denken, meinte sie.

Er kam an unseren Tisch, eine kahlrasierte Grinsekatze mit Brille, ich dachte mir tatsächlich nichts, und dann standen zwei Gläser vor uns, und der Wein schwappte darin wie geschmolzene

Rubine. Als wir anstießen, flammten draußen die Laternen auf. Jetzt sah ich, dass es zu nieseln begonnen hatte; der Wind strich feine Tropfen über die Scheibe.

»Stört es dich, wenn ich rauche?«, fragte sie.

»Nein. Mach nur.«

Sie steckte sich eine Zigarette an und sah über die Flamme zu mir her, und der Rauch strömte aus ihrer Nase, bevor sie ihn hochblies zur Decke. »Sag mal, wie war's in Amsterdam?« Sie schmunzelte ... und begann zu erzählen, von mexikanischen Pilzen, Kakerlaken und Handschellen und von einem Freund, der den Vollmond für eine erlöschende Sonne gehalten hatte und sich im vierten Stock aus dem Fenster stürzen wollte, um der ewigen Nacht zu entgehen. Es war eine tolle Geschichte. Da wollte ich nicht zurückstehen und berichtete von meiner Fahrt nach Tschechien und Aurels Kampf.

»Kann ich dir eine dumme Frage stellen?«, sagte sie.

»Dumme Fragen stellen nur die Bullen.«

Sie lächelte – »Kämpfst du auch selbst?«

»Wie kommst du darauf?«

»Wegen deiner Statur. Du siehst durchtrainiert aus.«

»Ich habe ein paar Jahre trainiert. Aber gekämpft habe ich nie.«

»Wieso nicht?«

»Weil ich zu feige bin.«

»Zu feige?«, lachte sie.

»Ja. Haha! Ich wollte Kämpfer werden. Hab mir jahrelang den Arsch abtrainiert. Wie ein Irrer. Mehrere Stunden am Tag. Aber irgendwann bin ich an eine Grenze geraten und konnte nicht weiter. Ich habe einfach nicht die passende Psyche. Das hat mich lange gewurmt.«

Als ich ihre Stirn in Falten sah, hängte ich lächelnd dran: »Mittlerweile ist es mir aber egal.«

»Wieso?«

»Keine Ahnung. Vielleicht, weil ich glücklich bin.«

»Und damals warst du es nicht?«

»Nein.«

Da platzte der Kellner an unseren Tisch und knallte ein Tablett hin.

»Guter Song, was?«, fragte er kopfwippend, »Regina Spektor. Frisch aus New York. Hier, sechs Tequila. Aufs Haus. Hab eine Flasche abgezweigt. Übrigens, wir haben uns noch gar nicht vorgestellt. Ich bin Rob.«

Ich schüttelte seine Hand. Dann nahmen wir jeder ein Feuerwasser und kippten es in unseren Schlund, keuchten, grinsten, schnappten die zweite Ladung und schütteten sie in uns hinein. Iris und ich tranken und redeten, bis der Laden dichtmachte, tranken noch, als Rob die Stühle auf die Tische hob, und auf den Rändern unserer Gläser grasten kleine Mücken.

Dann hinaus, und was für eine überwältigend schöne Nacht! Der Regen hatte aufgehört, aber der Himmel war getränkt mit schwarzem Wasser, und ich atmete die feuchtwarme Luft. Aus einem vorüberfahrenden Auto flog ein Zigarettenstummel. Er tanzte wie ein Feuerwerkskörper auf dem Asphalt. Die beiden wollten noch in ein anderes Lokal. Ich war zu verloren in dieser Sommernacht, um zu überlegen, was ich wollte. Da hängte sich Iris bei mir ein – los, du kommst mit!

Rob stolzierte voran wie ein Cowboy, und eine Bande harmloser und lachender Kids kam uns entgegen, er äffte ihr Gelächter nach und wurde mir langsam entbehrlich. Dann torkelten wir eine Treppe hinab, schummriges Licht und weißes Leder, und siehe da, auch hier war der Kellner ein Bekannter, »Hallo Thomas«, »Hallo, alles klar?« Er schmiss eine Runde Caipirinhas, blieb neben mir stehen und begann von Motorrädern zu sprechen, von Ducati und Yamaha und Motoren und Felgen und Farben, »hör mal, das interessiert mich eigentlich nicht so«, aber er ließ sich nicht beirren und rasselte die neuesten Rekorde irgendeiner Rennstrecke runter. Der Rum fuhr mir in die Knochen und verwandelte mein Gehirn in eine in Watte gepackte Rasierklinge.

Zu meiner Linken saß Iris, und während ich im Sperrfeuer festhing, rückte Rob an sie heran und brachte sein Gesicht vor das ihre, zu nahe für meinen Geschmack, lächelte schmierig und blickte ihr geradewegs in die Augen, die Musik verschluckte ihre Stimmen. Iris kicherte und lachte und war unbeschwert wie ein Kind.

Irgendwann stand sie auf und trieb durch das Zwielicht davon, wohl auf die Toilette. Rob starrte ihr inbrünstig hinterher. Dann setzte er sich auf den freigewordenen Stuhl, hielt sich an meiner Schulter fest und lallte mir schwerer Zunge:

»Du bist ein cooler Typ ... Ich mag dich ... Ah ... Iris ist eine Wucht, was? Eine tolle Frau ... so eine tolle Frau ... ich weiß gar nicht, was ich sagen wollte ... eine tolle Frau.«

Ich grinste, nickte und überlegte, ob ich meinen Ellbogen in sein Gesicht rammen sollte. Über seine Schulter hinweg sah ich Iris wiederkommen. Als ich aufstand und ihr entgegenging, schwankte der Boden unter mir wie die Planken eines Schiffes. Ich beugte mich an ihr Ohr, wollte sagen, dass ich abhaue; aber sie missdeutete meine Annäherung, neigte ihren Kopf zurück und öffnete ihre Lippen. Zuerst war ich verblüfft, aber, Mann, wozu widerstehen? Ich zog sie an mich heran, und ihre Zunge schmeckte nach kühler Minze.

»Sollen wir abhauen?«, schlug ich vor.

Sie nickte.

Zurück am Tisch, randvolle Gläser, wir leerten sie in einem Zug. Dann verabschiedeten wir uns. Rob stand auf; dann aber begriff er, sank zurück auf die Bank und erbleichte.

Draußen herrschte tiefste Nacht. Stille und Dunkelheit.

»Begleitest du mich heim?«, fragte Iris.

Wir tappten durch die verlassenen Straßen, Hand in Hand, wie verliebte Kinder, aber, gottverdammt, was hatten wir da zuletzt getrunken? Ich begann über Gehsteigkanten zu stolpern, alles floss ineinander. Iris schien es nicht besser zu gehen: Ihre Heiterkeit verebbte, sie wurde immer stiller, und ihre Hand klammerte sich matt an meine ... dann ... endlich in ihrer Wohnung, in ihrem Bett, ich streifte ihr Höschen hinunter, wir küssten uns, und ich beging den Fehler, die Augen zu schließen – sofort rotierten die Wände um mich wie die Trommel einer Waschmaschine. Schnell öffnete ich sie wieder. Iris bot mir ihren Mund, ihren Körper, aber ich merkte, wie ihre streichelnde Hand immer öfter stillstand und dass sie nicht mehr richtig bei der Sache war. Sie lag wie sterbend in meinen Armen.

»Sollen wir es gut sein lassen?«, flüsterte ich holprig.
»Tut mir ... leid ...«, hauchte sie schläfrig, »... Morgen ...«
»Mach dir keinen Kopf«, sagte ich.
Ihr Atem wurde ruhig.

Ich rappelte mich auf und torkelte ins Badezimmer. Eigentlich wollte ich nur Wasser abschlagen; als ich aber vor der Dusche stand, dachte ich: Warum nicht? Meine Hände an der Duschwand, ein kaltes Prasseln im Nacken, ein erhitztes Rohr, das langsam in sich zusammenfiel, und trübe Sinne, die sich klärten.

Zurück im Schlafzimmer häufte ich meine Kleidung auf einen Stuhl. Iris schlief tief und fest. Sie lag bäuchlings auf dem zerknitterten Laken. Das Licht der Nachttischlampe floss wie Milch ihren nackten Rücken hinab. Aus einem offenen Fenster strich ein warmer Luftzug herein. Ich ging hin und stützte mich aufs Fensterbrett. Oben am Nachthimmel glitzerten unzählige Sterne, wie Quecksilbertropfen in einer Ölkatastrophe.

Ich setzte mich ans Fußende des Bettes. Iris sah wunderbar aus, so hingeschmiegt. Eine schlafende Nymphe mit leicht geöffneten Beinen. Ich krabbelte über sie hinweg auf die andere Seite des Bettes. Dann knipste ich die Nachttischlampe aus. Die Dusche hatte mich erfrischt und wiederbelebt; sobald ich aber die Augen schloss, begann der Raum erneut um mich zu kreiseln. Also lag ich wach und starrte in die undurchdringliche

Dunkelheit. Warme Luft wehte über meine Haut. Es roch bereits nach Morgengrauen. Frühe Vögel zwitscherten. Einzelne Autos brummten. Nach einer Weile pochten Schritte in der Wohnung über mir. Ich dachte an all die Menschen, die in diesem Augenblick aufstanden, da draußen in ebendieser Nacht, all diese fehlgeborenen Wunder, die aus ihren Betten krochen, sich ankleideten und durch die Finsternis zu ihren Autos schlurften. Bald würde die ganze Stadt von ihnen wimmeln.

Kebapspieße werden angeheizt, Betonmischer kommen in Schwung, Bürofenster werden gekippt, Aktenschränke entsperrt, Schulglocken rasseln ... Neue Katalysatoren werden erfunden, neue Hochgeschwindigkeitsmunition, neue Antidepressiva, fettfreies Mikrowellenpopcorn und elektrische Toilettensitze. Die Fließbänder laufen, Hände zucken vor und zurück, Gummikorken werden produziert und Fensterrahmen und Chromfelgen, und anderswo sitzen Menschen um einen runden Tisch und ersinnen Handytarife. – Eine Bestie, die durch grenzenlose Leere taumelt, und in ihren Eingeweiden verdorren und verfaulen ganze Generationen.

Ein Keuchen drang an mein Ohr. Die Matratze schlug Wellen. Beim Gedanken an das nackte Mädchen, das sich neben mir in der Dunkelheit wälzte, spürte ich ein Aufglühen in meiner Magengrube. Ich atmete ein, atmete aus und knisterte vor Leben. Ich hatte keine Ahnung, was das Morgen bringen würde; aber ich fühlte mich bereit für den Taumel, bereit für die Bestie, bereit für all das. Ich fühlte mich bereit für stampfende Stahlklötze und heulende Maschinen, bereit für schnappende Kiefer und Kettengerassel, fühlte mich bereit für Kontinentalverschiebungen und neue Eiszeiten, bereit für Adrenalin und Entbehrungen und das Unvorstellbare.

Ein Lächeln spielte um meine Lippen.

Und vor dem Fenster dämmerte blass ein neuer Tag.

1. Auflage
© Edition Atelier, Wien 2013
www.editionatelier.at
Umschlag & Satz: Jorghi Poll
Druck: Prime Rate Kft., Budapest
ISBN 978-3-902498-82-3

Das Buch ist urheberrechtlich geschützt. Alle Rechte vorbehalten, insbesondere für Übersetzungen, Nachdrucke, Vorträge sowie jegliche mediale Nutzung (Funk, Fernsehen, Internet). Kein Teil des Werkes darf in irgendeiner Form ohne schriftliche Genehmigung des Verlags und des Autors reproduziert oder weiterverwendet werden.

Mit freundlicher Unterstützung des Bundesministeriums für Unterricht, Kunst und Kultur und des Literaturreferats der Stadt Wien, MA7.